CRIATURAS
QUE O MUNDO ESQUECEU

João Carlos Rodrigues

CRIATURAS
QUE O MUNDO ESQUECEU

HUMANALetra

Ouvi falar nas garças pardas
Mas pensei que era brinquedo
Nas florestas onde andei
Encontrei tantas que até tive medo
(Lá nas matas tudo é segredo).

(de um velho partido-alto)

Para Marco Rodrigues, Pedro Paulo Rangel,
Paulinho Lima e Lima Trindade.

SUMÁRIO

Nascida homem 9

Pelo leite derramado 49

O amor é uma necessidade muito perigosa 61

Temporada de caça 73

Uma história secreta de Ipanema 95

Criaturas que o mundo esqueceu 115

Caçadores de veados 125

A morte elegante 135

Moeda de troca..........................145

O fim do nosso mundo......................161

NASCIDA HOMEM

Já no final da tarde começaram a aparecer, provocando olhares interrogativos em toda a vizinhança do cemitério, notadamente no botequim do seu Nassim, que fica do outro lado da rua, defronte à entrada do velório. Eram mulheres exuberantes, já passadas dos trinta, algumas gordotas, outras muito altas, bustos proeminentes, vestidas nos trinques, quase teatrais, como que representando personagens.

"Deve ser gente da televisão", pensou o comerciante. E rapidamente botou mais cervejas no *freezer*, calculando um dinheirinho extra durante a madrugada, quando os "artista" sentissem sede e descobrissem que a lanchonete do cemitério só servia guaraná em lata (morno) e sanduíche de queijo prato (ressecado).

— Tá parecendo enterro de cafetina — resmungou um dos bebuns oficiais da favela vizinha que faziam sempre ponto por ali.

— Negativo. É madame ou é artista.

Nesse exato momento um carro do ano, dirigido por um magricelo de portentoso topete, parou, e dele desceu mais uma, magnífica no seu vestido preto e seu colar de pseudo-esmeraldas. A pele branquíssima e o cabelo cor de graúna, num coque espanholado para disfarçar a papada delicada ("Bendito seja Alá por ter inventado o queixo duplo", lembrou Nassim filosoficamente), davam à sua dona um certo ar da soprano Montserrat Caballé. Seios volumosos saltando pelo decote em V, os pés tão minúsculos, que mal sustentavam um corpo tão cheio de carnes, enfiados num par de sapatos vermelhos de verniz quase tão brilhantes quanto os da bruxa do Mágico de Oz. Com olhar distante, mas atenta a tudo o que acontecia nos dois lados da rua, a personagem entrou na capela, depois de uma rabanada cinematográfica que quase lhe desmanchou o penteado.

Atrás parou um táxi, e desceram uma senhora discreta de *tailleur* cinzento e bolsa combinando com os sapatos marrons e uma mulata tipo exportação, alinhadíssima.

— Que porra é essa? — trovejou um ex-gostosão de bigode preto, cuja época de glória, décadas atrás, fora em grande parte devida à sua semelhança com o craque Rivelino, *sex symbol* de curtíssima duração.

O magricela topetudo caminhou direto para o boteco e, com voz de taquara rachada, ordenou três maços de cigarro e uma cachaça. Quando todos esperavam que bebericasse aos pouquinhos como um pássaro exótico, deu uma talagada que esvaziou o cálice, recusou o troco com um gesto evasivo e, diante dos homens boquiabertos, foi se retirando.

— É gravação de novela? — Nassim se atreveu a perguntar.

— Imagina... É o velório da Gigi Bombom...

E saiu porta a fora.

— Não falei que era enterro de cafetina?

— Hmmm... — desconfiou o falso Rivelino, e, ajeitando melhor o pau dentro da calça larga, atravessou a rua para ver de perto. — Quem sabe uma dessas vadias não dá um mole e me dou bem? — Ao subir os degraus que levavam à capela, respirou uma profusão de perfumes que iam do almíscar ao mais denso jasmim, passando pelo musgo das florestas do Paraná. Suas narinas treinadas detectaram "coisa fina". Puta de luxo ou algo ainda melhor.

Os cochichos de contralto lembraram uma reunião de lésbicas, e, só de pensar na possibilidade, Rivelino teve uma ereção indisfarçável. Foi de mastro em riste que chegou na porta da sala e olhou pra dentro.

Parou, entre surpreso e amedrontado.

Figuras magníficas tomavam cafezinho em volta de um caixão coberto de flores brancas onde um rosto pálido e retocado emergia como uma Ofélia afogada entre os lírios. Além da Caballé, da mulata Luana Martini e da senhora de *tailleur*, a discretíssima Eva Braun, seu olhar meio atônito enquadrou em seguida a petulante Taquara, uma sósia da Jayne Mansfield (louríssima e com traços ainda mais grosseiros), uma Vanusa queixuda e uma Roberta Close (não a verdadeira, com certeza, mas uma imitação mal-acabada). Fora uma figurinha gorda e desajeitada de terno e gravata. Foi essa quem perguntou, com voz enérgica:

— Perdeu alguma coisa por aqui?

— Não, senhora, desculpe, errei de porta — balbuciou Rivelino, sem a menor dúvida sobre o sexo da inquisidora.

— Senhora é a senhora sua mãe. Meu nome é Cabral. Dr. Cabral — vociferou Malu, célebre advogada de porta de cadeia.

— Desculpe, doutor.

— As meninas querem ficar sozinhas velando o corpo da amiga. Pode ser?

Ao sair, o rabo entre as pernas, Rivelino esticou o olhar rapidamente e leu na porta o nome da falecida: *Astrogildo de Souza*. Só aí entendeu o que se passava.

*****

Astrogildo de Souza nasceu em Marquês de Valença, Estado do Rio, onde Lúcio Cardoso ambientou sua *Crônica da casa assassinada*, cujo personagem Timóteo vive toda a vida trancado no quarto vestido com as roupas da mãe ruminando uma vingança contra a própria família, aristocrática e decadente.

Gildinho não nasceu nem aristocrata, nem decadente. Pelo contrário, era o segundo dos três filhos homens de uma família operária de origem nordestina que ascendera à classe média baixa depois de mais de uma década de trabalho árduo na indústria têxtil e de impiedosas economias.

Por que saiu assim, ninguém sabe, ninguém viu. Desde pequenino era como se pertencesse a outro mundo. Quando assistiu *Bambi*, da Walt Disney, no velho Cine Bijou, para gargalhada de toda a cidade, decidiu que quando crescesse seria um veadinho.

"A desgraça do homem é esmorecer e falar fino", pontificava a avó materna, dona Vitória, entre conformada e desconversante. Os pais e os irmãos, quase liberais, tentaram desde cedo aceitá-lo como era ("Que se há de fazer, foi Deus quem quis..."), até que veio a puberdade. Por se envolver com um marceneiro casado que conheceu num bilhar da Praça de Baixo, foi desacatado publicamente pela mulher do dito-cujo bem defronte da escola pública.

— Larga do meu marido, engole-homem!

Morto de vergonha, Gildinho sonhou que morrera e via seu próprio enterro, lindo, cheio de lágrimas e flores. Para ver se isso acontecia logo, tentou se suicidar tomando Varsol, mas sobreviveu graças aos olhos azuis de um estagiário de Medicina. Para cortar o disse me disse, foi "aconselhado" a ir pro Rio de Janeiro "ser feliz", fazendo um curso de cabeleireiro no Senac. Valença, nunca mais. Não tinha ainda 20 anos.

E lá se foi ele, as unhas muito bem-feitas como cintilantes madrepérolas que fosforesciam na escuridão do ônibus. Desceu na Rodoviária Novo Rio no início dos anos 1980, exatamente quando o homossexualismo, aproveitando as brechas do fim da ditadura militar, desabrochava por todos os cantos, como uma formidável flor carnívora oferecendo aos incautos o seu delicioso fel.

A Rua da Carioca acolheu o recém-chegado. Seus sobrados do início do século XX, com pouco charme arquitetônico, mas muito clima de Rio antigo, à noite formavam o caminho natural entre dois notórios *points* de pegação. Um verdadeiro *trottoir roulant*. Ali, por onde passaram João do Rio, Madame Satã, Mário Peixoto, Aguinaldo Silva e outros tantos, saracoteavam todos os exemplares da fauna e da flora da Cidade Maravilhosa. Entrando e saindo do Cinema Íris (local definido no guia *Spartacus International* como *very dirty*); indo para a "Gayfieira" São José, em outro velho cineteatro da velha Praça Tiradentes; vindo da mais bem iluminada, embora não menos óbvia, Cinelândia.

Qualquer espectador atento e informado poderia facilmente detectar as diferentes facções desse vício, algumas imperceptíveis a olhos leigos. Travestis (divididas, como os palhaços de circo, entre luxuosas e caricatas), seriemas (longos pescoços e arrepiados bigodinhos da ave homônima), prosélitos do amor grego (fortões e espadaúdos, acreditando não "dar pinta", mas tão exacerbados nessa difícil função que eram percebidos a quilômetros de distância), intelectuais (de óculos ou sem, geralmente jornalistas, professores ou atores), bofes (homossexuais masculinos), bofecas (híbridas de bofe e boneca), os que hoje chamamos ursos, michês profissionais, fanchonos, papa-anjos, velhas mariconas, raríssimas mariquinhas a caminho da extinção com boquinhas de coração das melindrosas de J.

Carlos (nosso Astrogildo se enquadrava nessa), miméticos "entendidos", rapazes do comércio e, aleluia!, os jovens operários dos estaleiros Mac Laren e Ishikawajima.

Saídos das bandas de Niterói, esses vinham na sexta-feira "olhar as modas" e fazer um programa "diferente", sem cobrar, por pura diversão. Toda essa variedade, composta de espécies rivais na captura da presa e incompatíveis por filigranas contraculturais, convergia para matar a sede e bater papo – entre uma incursão e outra às hospedarias "para cavalheiros" da Avenida Gomes Freire – nos inúmeros pés-sujos das cercanias.

Gildinho foi atraído para esse mundo faiscante e competitivo como se fosse um carma. Como resistir? E por quê? Uma bela noite, lolito solto na cidade grande, fingia olhar uma vitrine, quando um cafuzo baixinho, o bigodinho fino de malandro, aproximou-se e disparou no seu ouvido bem torneado, quase à queima-roupa:

— Tá na putaria há muito tempo?

Assustado, respirou fundo e entrou no jogo, mergulhando num profundo mar azul.

— Devagar e sempre...

Moral da história: foram parar numa pocilga atrás do quartel do Corpo de Bombeiros: quarto minúsculo, sem janela e sem banheiro (era no corredor), em cima de um colchão empenado ao lado de um criado-mudo de gaveta quebrada, onde ostensivamente repousava, com a tampa aberta, uma lata de vaselina, onde dedos apressados haviam deixado marcas como pegadas na areia de um deserto.

Soltou os cabelos cuidadosamente presos num rabo de cavalo, cabelos bem tratados por exóticos xampus e óleos orientais, cujo uso aprendera no seu curso de cabeleireiro. Antes que os cachos caíssem nos ombros, já a mão calosa de Ubirajara alisou-os, como se faz com um animal doméstico.

— Pelo bonito. Parece uma capivara.

Chegou a imaginar-se afundada no lodo de algum brejo distante, só com o focinho de fora, escondendo-se do caçador implacável. Por outra fração de minuto, pensou seriamente em desistir ("Capivara é a vó!"), se vestir e sair, mas logo uma língua incandescente penetrou em sua orelha. Sentiu-se como que possuído por mil demônios. Meia hora depois, com o corpo coberto de mordidas e manchas roxas de chupões, tomou um banho. Saíram ambos sem dar um pio. Despediram-se friamente ainda na escada. Nunca mais se falaram, embora tenham se cruzado algumas vezes pela aí.

Gildinho fora introduzido nos mistérios do Rio de Janeiro. Certa vez, na Esquina do Pecado, na Tiradentes, foi abordado por um homem sério, magro e quieto, de camisa abotoada até o queixo, maleta preta. Dentro do quarto, assim que Gildinho se despiu e virou a bunda, o cidadão se intitulou pastor evangélico, sacou uma Bíblia do bolso e começou a pregar, aos altos brados, trechos do Levítico contra o homossexualismo. Obrigou o veadinho a pedir perdão de joelhos e prometer "voltar a ser homem". Feito isso, sem nem arrancar toda a roupa, sacou de um aparelho de barbear, raspou a bicha da cabeça aos pés e trepou por quase uma hora, sem tirar.

Gildinho descobriu que essa vida podia ser agitada como um teatro de variedades. Mas o pobre coitado tinha chegado na cidade grande no exato momento da libertação feminina, quando os veados, para fazer sexo, passavam aos poucos da condição de pagos para a de pagantes. Só as travecas conservaram a mais velha das profissões. Gildinho, com a mixaria que os pais enviavam para seu curso profissionalizante, não podia se dar ao luxo de sustentar bofe. Teve de escolher a segunda opção. Por indicação de dois "colegas", Sandrina e Wanderleca, passou a se montar de mulher e fazer ponto nas ruas.

No início, francamente, era um verdadeiro estafermo. Seios de enchimento, pernas ossudas de filhote de passarinho, roupas chumbregas e olhe lá. Depois, com o uso de anticoncepcionais e hormônios femininos, foi melhorando. A voz foi ficando mais melodiosa, os pelos sumindo, os peitinhos inchando como os de uma menina-moça. Sentiu-se um deus moldando uma mulher de barro, só que esse barro era sua carne viva. Não foi mole, não. Houve momentos em que pensou em morrer, só para estar linda no caixão. Logo desistiu. De lagarta passava a crisálida, em busca da borboleta.

Usava o nome de Shirley Casanova, por causa do famoso *dancing* das cercanias dos Arcos. Fora o único que sobrara depois do bota-abaixo praticado pela estupidez humana. Presenciou o fim dessa época. Viu passar a temível Débora, a bicha preta que (dizem) voava; ouviu falar da Escritora, hoje famosíssimo dramaturgo; e até daquele temido policial do Esquadrão da Morte que adorava dar o rabo em tempo de lua cheia. Mas a esse estertor de um mundo glorioso para quem nele nunca viveu, Gildinho, que era arraia-miúda, só assistiu *en passant*, espreitando por detrás das árvores numa madrugada quente de verão ou pela fresta da caçapa de um camburão.

Certa noite, estava toda lampeira na "sua" esquina, batendo papo com a enigmática Mona Lisa e a resplandecente Anna Karina Berg, entre um boquete e outro num cliente, quando Jurema Ajuricaba, cabocla amazonense cor de hindu, passou correndo, assustadíssima do alto das tamancas:

— Pira que os *aribá* vão *azuelá* as *mona* pra levá pro *ilê*!

Todas fugiram e se esconderam, mas nossa amiga, que ainda não dominava o dialeto, misto de lunfardo e nagô, não captou a mensagem. Resultado: ficou ali fazendo anéis de fumaça, quando parou uma viatura e desceu um policial. Tarde demais. Como uma galinha do pescoço pelado, foi literalmente depenada viva e passou a noite na delegacia com outras companheiras de infortúnio. Só saiu de manhã, depois de varrer o chão e lavar as privadas. Estava "batizada", afinal.

A noite, além de escura, pode ser perigosa e imprevisível. O que ela te dá com uma mão, pode tirar com a outra. Homem, por exemplo. Para cada dez gentis, bem lavados e objetivos, pintam sempre uns três ou quatro depravados, ou que só querem meter a porrada e fugir sem pagar. Em geral, eles têm medo de levar travesti pra hospedaria e preferem fazer dentro do carro, estacionado numa ladeira pouco movimentada ou num estacionamento distante. Shirley encarou de tudo um pouco. Desde o tipo anomalia, com pau minúsculo, que ela incentivava com frases decoradas e eles fingiam acreditar, ofegantes como asmáticos. E seus antípodas, os "bem-dotados", alguns inviáveis, mesmo para profissionais da mais larga experiência. Ou os mal lavados (só podia ser de propósito!) que exigiam sexo oral. Fora os que queriam levar na bunda, geralmente de terno e gravata, com cara de pais de família, tão tristes e silenciosos depois do ato. No início, sentiu-se violentada cada vez que era levada a fazer a parte ativa do ato sexual. Pensou se não era melhor uma boa morte e nas flores do velório, chegando a sentir o aroma. Mas era uma solicitação tão frequente que acabou acostumando.

Pior quando a coisa degringolava. Certa vez, entrou no carro de um *playboy* zona sul, bonitão. Achou que tinha tirado a sorte grande. Foi levada pra praia de Itaipuaçu, currada por mais três e deixada lá moída de porrada, enterrada na areia só com a cabeça de fora, depois de levar muito chute. "Pensei que ia virar bola de futebol. A maré subindo e eu lá presa", concluiu enquanto fazia curativos diante do espelho. Acabou salva por um velho pescador solidário que, no entanto, não dispensou seus favores.

Isso lá era vida? "O negócio é ser artista pra ser respeitada. E ainda pode aumentar o michê", cochichou-lhe uma vez a vistosa Evelyn, que tinha um sinal cabeludo em forma de meia-lua na coxa esquerda. Foi confirmar.

No cabaré, com uma camisa social masculina por cima das meias arrastão, Evelyn embromava uns passos de dança ao som de "Assim falou Zaratustra", da trilha do filme *2001: uma odisseia no espaço*. Era aplaudidíssima. Shirley, dois anos depois da sua chegada ao Rio, agora portava um bom par de seios de silicone, financiados por um alto funcionário aposentado da Caixa Econômica e injetados por Gina Spumanti, a bombadeira oficial do pedaço. Decidiu que seria artista. ("Se ela pode, por que eu não?")

— *Pero tienes de ter talento* — resmungou Lee Ribanchera, velha bicha cubana que fugira a nado das perseguições dos irmãos Castro. Fazia um número onde entrava de Carlitos e, depois de um *striptease* ao som de "Luzes da ribalta" em ritmo discoteca, emergia num ousado fio-dental.

— E disciplina, além de sorte — fez coro a célebre Marisa Kaveira, outra velhíssima e magérrima, que ganhava a vida como maquiadora de um famoso programa de entrevistas na TV.

— Volta aqui quarta de tarde pra fazer um teste — disse o diretor, um tal de Dom Garcia.

Shirley voltou, fez o teste (uma dublagem sem sincronia de "Tango para Teresa" com a Ângela Maria) e não foi aprovada. Arrasada, queria se rasgar toda, queimar a boate, esquartejar o dono. Acalmada com três ou quatro copos d'água, já ia voltando pro batente quando uma maricona, daquelas que não resta a menor dúvida, apesar da barba preta e de ser meio alta e muito educada, se aproximou, com voz de veludo:

— Me dá um minuto da sua atenção?

Contendo o resto do ódio que ainda amargava o seu coraçãozinho revoltado e respirando fundo, Shirley sussurrou, de modo quase inaudível:
— Hoje tô meio atacada.
— Vi o seu teste e acho que você leva jeito.
— Tu é empresário?
— Não. Mas posso ajudar, se você deixar...
— Em troca de quê? — ricocheteou, novamente agressiva.
— Da sua amizade. Você não faz o meu tipo.
"Ainda bem", pensou ela, aliviada, pois possuía em grau elevadíssimo a ojeriza natural que a maioria dos travestis nutre em relação às mariconas e aos entendidos.
— No que você pode me ajudar?
— Posso te ensaiar, escolher o repertório, sei lá. Não vou cobrar nada. É que eu já estudei teatro e... Bem, se der certo, a gente conversa depois.
Nada a perder, tudo a ganhar. Acho que foi nesse instante que Gildinho foi definitivamente despachado pra cucuia. Até então subsistia, grudado nela como um vampiro sedento de sangue. Shirley topou. E, todo o dia, depois do Senac e antes de bater calçada na esquina da Rua do Lavradio, passava na casa de Leonardo Leão para ensaiar.
O cara era obsessivo. Pigmalião versus Galateia. A pobre aluna primeiro teve de conhecer profundamente as grandes deusas da canção, os ícones gays de todos os tempos. Carmen Miranda, Dalva de Oliveira, Isaura Garcia – para começar. Depois Emilinha Borba, Maysa, Elza Soares, Bethânia. Em seguida as estrangeiras: Billie Holiday, Peggy Lee, Yma Sumac, Toña la Negra, Judy Garland, Elvira Rios, La Lupe, Mina, Barbra Streisand...
— Essa, não! Acho pavorosa! — rugiu Leo
— Todo mundo gosta... É um rouxinol, verdadeiro canário belga...

— Então põe na gaiola e dá alpiste e folha de alface. Mas bem longe daqui! Na minha casa não entra... Nem essa, nem a Ellis Regina, que pra mim não passa de um pinguim de geladeira! Xô!

— ?!?!?!?!

— Isso mesmo! É pegar ou largar!

Shirley pegou, é claro.

Na casa do Leo só tocava papa-fina. Até Maria Callas, Renata Tebaldi, Claudia Muzio e Besanzoni Lage. Ele mostrava as músicas, as fotos de sua coleção, contava a história de cada uma, a diferença entre essa e aquela, traduzia as letras, e tudo mais.

— A Dalva, por exemplo, foi considerada adúltera pela opinião pública. Já a Isaurinha, pelo contrário, é que foi enganada pelo marido. Uma era da orgia, a outra do lar. Não se podem confundir dois sentimentos tão diferentes! Isso é fundamental!

— O que que isso tem a ver com a minha carreira?

— Tudinho da silva. Se você não perceber que a Maysa canta como uma milionária que abandonou tudo pela música e a Bethânia como uma moça pobre que venceu na vida, não vai hipnotizar o público nem chegar a lugar nenhum. Será mais uma bichinha burra que na melhor das hipóteses vai ser eleita o "cu do ano" e depois desaparecer pra sempre numa esquina da vida...

Depois das cantoras, chegou a vez das atrizes. Vocês nem imaginam o que foi essa fase do aprendizado. Várias vezes desejou uma boa morte. Vídeos raríssimos, alguns sem legenda (que Leo traduzia excitadíssimo), das mais diversas nacionalidades, e por aí vai. Melodramas, dramas, musicais, comédias, suspense, terror – de tudo um pouco. Só *la crème de la crème*. E as atrizes, uau! O leque ia da deusa do cinema mudo Alla Nazimova até Tura Satana, a rainha do *trash*. Sem falar nas "clássicas" Dietrich, Garbo, Bette Davis, Tallulah, Stanwyck, Louise

Brooks, Edwige Feuillère, Moreau, Loren, Cardinale, Barbara Steele, Odete Lara, Eliane Lage e mais a Marilyn e todas as outras louras dela clonadas.

Uma centena de filmes depois, o mestre impôs à sua pupila decorar, absorver e mimetizar a "lição de casa": a construção de um personagem, não pelo método Stanislavski (de dentro para fora), mas pelo das velhas revistas da Praça Tiradentes (de fora para dentro).

Assim a nova Shirley incorporou como pôde a cabeleira ruiva da Rhonda Fleming, os olhos verde-folha da Gianna Maria Canale, as *pommettes* da Marina Vlady, o biquinho sensual da Brigitte Bardot, o pescocinho de cisne da Audrey Hepburn, o superbusto da Jayne Mansfield, o traseiro da Adele Fátima. Fundiu a feminilidade de Machiko Kyo com a altivez de María Félix, incorporando (essa foi uma das partes mais difíceis) até o jeito *sui-generis* de acender um cigarro da Anna May Wong em *O Expresso de Shanghai*. E tudo com umas pitadas de Mara Rúbia e até de Dercy Gonçalves.

— Não podemos esquecer o humor — pontificou o meticuloso Leo. — A plateia a-do-ra. Portanto, trate logo de decorar as melhores frases feitas da Mae West e da Zsa Zsa Gabor e suas irmãs!

— ?!?!?!?!?!

— Por exemplo: "Quando eu sou boa, eu sou boa, mas quando eu sou má, sou ainda melhor". Ou: "Me acusam de destruidora de lares, mas sou inteiramente a favor do casamento. Casei nove vezes".

— Será que vai dar certo?

— Depende só de você, minha flor.

Falando assim, o resultado pode remeter ao monstro do Dr. Frankenstein. Realmente não foi fácil integrar num só corpo ícones tão heterogêneos, mas aos poucos a coisa foi indo. Volta e meia a pobre Shirley sentia-se novamente como o desamparado Gildinho, retornando toda noite aos pandarecos para o seu ponto na Lavradio com Mem de Sá para defender uns trocados. E ainda tinha de acordar cedo pro cursinho de cabeleireiro. Acabou desistindo desse último.

— Quem não arrisca não petisca. Conhece esse ditado? — ironizou Pigmalião no dia em que sua aluna, emocionada, revelou que abandonara as aulas, pagas pela família com algum sacrifício.

— Hei de vencer... — filosofou Shirley com seus botões de madrepérola falsificada.

O Cabaré Casanova – tão importante para quem o frequentava e nele trabalhava que adquiria *status* de um Olympia ou Carnegie Hall do *bas-fond* – ainda ocupa o mesmo lugar, mas não é hoje nem uma sombra do que já foi. Nos áureos tempos, depois de ultrapassar a porta estreita, decorada com fotos das artistas, muito bem guardada por Zé Buldogue, um crioulo fortíssimo ex-campeão de luta livre, você entrava diretamente na plateia, composta de minúsculas mesinhas de quatro ou duas cadeiras. Defronte, um estrado de madeira fazia de palco, com um velho piano e uma bateria desconjuntada, aos pés de um gigantesco pôster do *Nascimento de Vênus*, de Botticelli, que ocupava todo o espaço atrás, do teto ao chão. Nele ficavam os músicos: a pianista sem dente (a única mulher de verdade que trabalhava na casa) Etelvina, já cinquentona, casada com Genaro, o violonista cego, e mais um baterista que mudava a cada semana. Um pequeno corredorzinho à direita conduzia para o minúsculo pátio aberto, com um abacateiro depenado. Ali ficavam o bar, o banheiro e o cubículo usado como camarim, ocupado por araras com as roupas, espelhos e três cadeiras. Só três, embora se exibissem cada noite uns vinte travestis. Quem não estava se montando para entrar em cena tinha de esperar no pátio ou na própria plateia. "Fumando, espero...", ironizava La Ribanchera, cantarolando o célebre tango.

Dom Garcia, que alugara o imóvel de um espanhol, era diretor artístico e administrativo. Nascera em Ipanema, arquiteto de formação, mas caíra de boca na noite da Lapa "por puro tédio". Embora tivesse tino para arte (o pôster do Botticelli com a Vênus nua, saindo do mar dentro duma concha e tapando a xota com as delicadas mãozinhas, era o melhor exemplo), sempre que elogiado sobre o assunto dava logo um berro: "Só estou aqui pela grana!".

Bem, seja por que for, a casa era um sucesso da madrugada. Abria às dez, mas só incrementava mesmo depois da meia-noite, e ia até perto do sol nascer, quando, como por encanto (mas na realidade por um pacto com o delegado local), toda a fauna noturna tinha de de-sa-pa-re-cer aos primeiros raios do sol. Como nos filmes de Drácula. Quem ficasse arriscava entrar em cana por vadiagem. Assim, a tribo diurna dos trabalhadores, estudantes, funcionários e outros cidadãos respeitáveis só por um raríssimo acaso cruzava com as Messalinas, Miladys de Winter e Gabrielas Cravo & Canela da "outra turma".

E, assim, mantinha-se a ordem.

Isso de maneira alguma quer dizer que na plateia do Casanova não houvesse trabalhadores, funcionários e até mesmo estudantes universitários. Só que, despidos de suas profissões, compareciam encarnando outras personas: entendidos, mariquinhas, mariconas, veados em geral. E bebiam muito, aplaudiam com gosto (quando não gostavam, vaiavam), dançavam *cheek to cheek* nos intervalos, namoravam, discutiam. Viviam, enfim, e deixavam viver.

Na noite em que Leo Leão apresentou sua Galateia, o cabaré estava inflamado. Na tarde da terça, Dom Garcia nem quis ver o número completo da proponente. Nos primeiros dois minutos, interrompeu bruscamente a pianista.

— ?!?!?!?!?!

— Aprovada! Estreia sexta-feira. Qual é o nome de guerra?

— Shirley Casanova.

— Não dá. Aqui já tem uma Shirley, a Montenegro, que faz o falsete da Dalva. E uma Casanova, a Marlene, que acha que é a Carmen Costa branca. Qual é o seu nome civil?

— Astrogildo.

— Então vai ser Gigi Bombom, e estamos conversados.

Leo bem que tentou argumentar, sugerindo Belinda Belarus, Supra Sumac ou Carla Capucine, mas Dom Garcia não recuou. E ficou Gigi Bombom.

E agora ela estava ali, vestida como Rita Hayworth em *Gilda* (lá pras negas dela), esperando a sua vez de entrar em cena e enfrentar a plateia com a mesma coragem que o toureiro enfrenta o touro bravo. Notando que suava frio, a delicada Suzie Wong, uma japonesinha que fazia milagres com um leque em cada mão, filosofou: "Relaxa e goza que é melhor".

Shirley, aliás Gigi Bombom, esperava sua hora. Que azar, entrar logo depois de um improviso cômico, pensou, ao ver a impossível Pantera Nega, um dente sim, um dente não na enorme bocarra, dançar um hilariante baião, saindo consagrada pelas gargalhadas do público. De repente, Etelvina batucou no piano a introdução do seu número, Leo lhe deu um empurrão, e ela entrou em cena, lívida como Madame du Barry caminhando para a guilhotina. Respirou fundo, pensou em sair correndo, sem olhar pra trás. Ou cair durinha no chão, morta. Pensou no enterro, que beleza. Como não dava, meteu os peitos.

Você vai perder o marido que tem

*Porque você não age bem
Porque você não sabe ser mulher*

Foi, viu e venceu. Já na segunda frase, percebeu que tinha nascido pra aquilo. Adeus, Valença, adeus, Senac, adeus, Rua do Lavradio. Deu uma banana pra Morte ("aquela caveira horrorosa!") e escolheu viver. "Mundo, aqui vou eu!", pensou sorrindo, ao perceber na plateia um gesto de incentivo de seu Pigmalião.

— Até que o veado se saiu melhor que a encomenda... Assim que engrenar, mudo o número mais pra perto da abertura... — ruminou Dom Garcia, um olho na porta, outro na caixa registradora.

— Ufa! — suspirou Leo.

— Bonitinha e leva jeito... Meus parabéns — cumprimentou Marisa Kaveira.

Atrás da cortina de contas que separava palco e corredor, a exuberante Mylene Acordeon, de shortinho e camisa social masculina amarrada na cintura, destilava seu cálice de fel.

— Grandes merdas! Sou mais eu dançando *la conga*...

— Você tá é despeitada! Deixa o Garcia te pegar corujando a mona... Vai te vestir, vai... — tilintou Suzie Wong de passagem.

Pior foi depois. Nos filmes e biografias dos artistas, eles sempre vão comemorar a estreia em restaurantes chiques, tipo Maxim's, El Morocco ou mesmo no Copacabana Palace. Mas, na Lapa das vacas magras, as meninas do Casanova terminavam mesmo era no velho botequim Saudade do Minho, vulgo Cabaré dos Bandidos. Ficava na Rua do Resende e funcionava 24 horas por dia. No expediente da noite, quem comandava era um português cinquentão, que mancava por causa da gota, o Serafim. A cerveja estava sempre gelada, mas o forte era a sopa de entulho, que reunia músculo de boi, macarrão miojo, repolho, cenoura e batata. Atrás dela para lá convergia, no fim da madrugada, toda uma penca de putos, operários do metrô (então em construção), policiais, alunos da Escola de Teatro Martins Pena e os mal disfarçados bandidos que deram o apelido ao estabelecimento. Foi lá que Gigi Bombom e Leo foram comemorar.

A noite era daquelas de lua cheia, quando os ânimos ficam mais ouriçados. Mal sentou na sua cadeirinha de pau de pernas bambas, Gigi percebeu estar sendo encarada por um enorme camaleão, com olhos giratórios de 360 graus. "É o Ivanir, velho jornalista da imprensa marrom", cochichou Leo. "Muda de opinião a cada segundo, como de cor. É preciso cuidado com ele, *ma non troppo*."

Na mesa ao lado, criaturas ofídicas confraternizavam com sapos horrendos. Também tinham estado no cabaré e assistido ao show, e silvavam coisas implacáveis pra todo mundo ouvir.

— Achei fracota a tal Bombom... — decretou a venenosíssima Urutu-Cruzeiro, dentro de seu *collant* marrom com estamparia de ferraduras negras. E balançou as fuças para trás, como para dar um bote, tremeluzindo o pedantife em forma de cruz que sempre traz na testa.

— Audácia! — concordou a frágil Coral, maquiadíssima.
— Quem ela pensa que é?
— Já vi piores — coaxou o gordo Cururu, enxugando a testa carunchosa, de onde escorria um suor gosmento que atrapalhava a visão de seus olhos esbugalhados.

— Tá muito boazinha hoje, hein, sua sapa?! — debochou a gigantesca Sucuriju, do alto de seus 4 metros. — Quem te viu e quem te vê... Ontem à noite, atrás da rodoviária, fotografei muito bem quando a senhora...

— Por favor, vamos mudar de assunto. Tô de saco cheio dessa lenga-lenga... — interrompeu bruscamente Dedé Dendróbata, suspeito da morte daquele famoso botânico, o Augusto Rushi, na sua pintosa camisa negra com bolinhas cor de laranja.

Cururu respirou aliviado. A provocação recomeçou.

— Canastrona! — berrou a agressiva Caninana, encarando a pobre Bombom. Volta pra tua esquina, que você não é artista nem aqui, nem na China!

Leo resolveu intervir.

— É melhor cada um cuidar da própria vida.

— É mesmo, senão você vai fazer o quê? — serpenteou a desaforada. — Estou li-te-ral-men-te morta de medo! — E atirou um copo vazio na direção dele, quase atingindo a testa de Bombom.

Gigi se levantou e avançou em direção à mesa para tomar satisfações. Nesse momento, para surpresa geral, Jiboia, conhecida por ser de boa paz, enrolou-se em sua perna e começou a apertar com força, impedindo-a de avançar. Lá de longe no balcão, onde bebia um creme de ovos com parati, uma belicosa Jararaca arrepiou as escamas douradas do pescoço, preparando-se para o que desse e viesse, a mortal peçonha já brilhando nas presas amareladas. Um chocalhar surdo de Cascavel despertou Leo da apatia em que ficara imerso. Olhou sua Galateia, cujo rosto pálido era então a única parte visível do seu corpo, envolto pelos anéis cada vez mais apertados da atlética adversária. Levantou-se, correndo em direção à caixa registradora.

— Serafim, acode aqui! Tão matando a minha amiga!

A um simples acenar de sobrancelhas do proprietário, Lady Muçurana, misto de leoa de chácara e cozinheira de forno e fogão, deslizou sem uma palavra em direção à área de conflito. Íntima dos policiais da área, inspirava terror mesmo nos seres mais venenosos daquele jângal, pois, por simples capricho, poderia selecionar a cada madrugada quem quisesse pra trepar, e ai de quem se atrevesse a recusar!

Antes que pronunciasse sua frase-chavão para esse tipo de saia justa ("Sossega, criança..."), Jiboia já havia largado La Bombom, que bebia uma providencial água tônica, recuperando o fôlego.

— Que foi que ela fez? — choramingou Leo para o serpentário das agressivas.

— Nada, meu querido. Talvez vocês tenham bebido demais — exclamou Dedé. — Aqui é todo mundo de paz.

— Ou tão com taba na gira — silvou Coral.

— Manga-rosa, eu também quero — observou cinicamente La Caninana. — Ou é paraguaia da boa?

Todos gargalharam como hienas ao luar (inclusive Leo e Bombom). Ivanir Iguana, só em sua mesa e voltando à cor natural do ambiente, sempre atento, revirou os olhos mais uma vez e suspirou de enfado (para ele tudo era uma *noia*, inclusive ele próprio).

— Senta aqui conosco, as duas. Tá com medo da gente? Nós a-do-ra-mos o seu número, *darrling* — decretou Urutu, pondo um ponto-final no incidente.

*****

E ali estava ela morta, vestida a rigor como uma grande madame, qual perfumosa dama-da-noite, linda e branca, cercada de flores por todos os lados.

— Amiga pro que desse e viesse — murmurou Luana Martini.

— E tão engraçada! — concordou Dr. Cabral. — Tirei ela mais de cem vezes da delegacia e sempre tinha uma piada pra contar...

— Não sei se vocês viram o número que ela fazia no Casanova, séculos atrás. Tinha charme, não foi à toa que foi escolhida revelação de 1980...

— Oitenta e quatro, Caballé, 1984. Em 1980, foi a Gungala Gandhi — corrigiu Vanusa Bardot.

— Isso não tem a menor importância, querida. O que importa é que tinha talento. Como a vida é cruel! Tanta mona burra fazendo carreira na Europa, e a Gigi ... — insinuou a outra, melíflua.

— Não é bem assim, *chérie*... Era tinhosa, tinha um gênio que sai da frente... Vocês se lembram do que ela aprontou com o Leo, que praticamente ensinou tudo a ela?

— Mais ou menos... — disse, evasiva, Taquara Rachada, que daria um braço para saber a história completa.

— Por causa de uma merreca, ficaram sem se falar uma porrada de tempo. E depois, quando voltaram às boas, ela ainda...

— Vocês não vão falar mal da falecida em pleno velório, vão?! — interrompeu Eva Braun, indignada.

— Eu a-do-ra-ri-a saber tudo tintim por tintim — confessou a sósia de Roberta Close.

— Quem sabe tudo é essa aí — dedou Luana.

— Então, conta. Conta pra nós.

— Bem, já que vocês insistem, e com a licença da falecida — concordou Caballé, olhando antes o cadáver e fazendo o sinal da cruz. — Vamos lá... Em menos de seis meses a Gigi se tornou a atração principal do Casanova. Vinha gente ver até da Zona Sul, jornalista, artista, uma loucura. O michê dela foi lá pra cima, chovia homem, e até mulher queria transar com ela. Deu entrevista em jornal, foi convidada para fazer cinema nacional, foi jurada de programa do SBT. Alugou apartamento em Copacabana, tava com a vida que pediu a Deus. Foi quando surgiu o Renatinho, um branquinho de bigode lá da Saúde que dizia ser filho de criação da velha Madame Satã.

— Renato Paes Lima, vulgo Renatinho Maluco — interrompeu Dr. Cabral.

— Esse mesmo. Não prestava pra nada. Só queria saber de cocaína. Roubava carro na Tijuca e trocava no Estácio. Mas sabe como é amor de pica. Quando bate, fica. Gigi gamou, coitada. Foi se envolvendo, envolvendo, e, quando viu, não tinha mais como recuar. Passava metade do dia no telefone, querendo saber onde ele estava. Porque morria de medo do Renatinho entrar em cana e enrabarem ele na cadeia.

— Ora, um putinho daqueles não devia ter mais uma prega no cu! — vociferou Cabral novamente. — Quantas vezes Gigi me acordou de madrugada por causa dessa pústula...

— Mas que era uma gracinha, isso ele era.

— Continua, gente, já estou toda arrepiada!

— Bem, foi isso aí. Primeiro o Garcia botou ela pra correr do Casanova, porque chegava atrasada toda noite. Para arrematar, junto com o rapaz, tentou dar um suadouro num cliente da casa. Ainda foi cantar no Danúbio Azul, mas não tinha mais voz. Não era mais nada. Teve de voltar pra calçada...

— Conheci ela fazendo a vida na Glória — confessou Vanusa. — Brigava com todo mundo.

— Claro, a polícia sabia quem protegia o garoto e não dava mais mole pra ela, não. Tá pensando o quê? Teve de se virar na Praça Paris.

*****

Um parêntese. Naquele tempo a praça ainda não era cercada de grades, e a iluminação, apesar da quantidade de postes, era difusa. Na contraluz dos chafarizes, as sombras das travecas lembravam uma cena de *Irma la Douce*, só que interpretada por halterofilistas. Mas chovia cliente, de todos os tipos. Gigi, depauperada pelo sofrimento, parecia um fantasma do que já fora. Morava agora numa biboca na Rua da Constituição. E a porra do Renatinho, perseguido pelos meganhas, comparecia lá quase todo dia, contando uma história bem triste, a fim de arrancar uma grana. Quase sempre iam dormir juntos na casa dela. Dormir é bem o termo, pois não havia mais sexo nem amizade entre eles. Só cumplicidade.

Numa bela noite de verão, vésperas de Carnaval, estava sozinha queimando um baseado quando bateram na porta lá embaixo (a casa era um sobrado em cima de uma lavanderia). Debruçou-se na janela, os peitos pulando para fora do decote. Um homem branco, forte, meio calvo, braço peludo, quarentão, queria falar com Renatinho.

— Ele não mora aqui, não senhor — disse amedrontada, detectando perigo à vista.

— Sai dessa, veado. Ou teu amigo me paga o que deve hoje mesmo, ou você só vai ver ele de novo no necrotério!

Antes que piscasse o olho, o cara entrou num carro e partiu. Já doidona, foi telefonar num orelhão pro Dr. Cabral, que não estava em casa. Voltou pro quarto e tentou dormir. Lá pelas tantas, ouviu um assobio na rua. Era o código para abrir a porta. Antes que se levantasse, ouviu dois tiros. O curto intervalo entre cada um pareceu uma eternidade. Tomou coragem e chegou na janela. Na calçada do outro lado da rua, perto da esquina, Renatinho estava caído, a cara numa poça da sarjeta. Deu um grito, que, embora saído do fundo mais sincero das suas entranhas, foi de total canastrona da primeira à última nota. Pensou em descer as escadas de penhoar e se abraçar ao amado como num filme americano, mas o medo da polícia falou mais alto. Ficou em casa com tudo apagado, assustada e agachada, olhando, pelas frestas da cortina esfarrapada os boêmios que correram, iluminados pelo piscar vermelho dos camburões.

"Meu Deus, então a vida é isso?", soluçou.

Para pessoas como ela, era, sim. Com ajuda do Cabral, reconciliou-se com Leo, que, penalizado, a recebeu por umas semanas na própria casa. Deu uma de otário, porque Gigi não era mais a mesma. Ele ainda a colocou no show do Danúbio Azul, onde, ao contrário do que disseram as más línguas, ela estava até indo bem, fazendo o gênero *chansonnière* arrasada. Voz rouca e olheiras autênticas, de *smoking*, e pernas de fora, uma paródia de *O Anjo Azul*. Quase se reabilitou. Mas acontece que essas bibocas da Lapa já nessa época pagavam muito mal, e os "artista" tinham de se virar para viver. Gigi Bombom não pôde deixar a calçada boa de guerra.

Nunca mais foi a mesma. Olheiras roxas sobre a pele marmórea, parecia uma alma penada. Um ser vaporoso, com a paranoia de morrer a qualquer hora, como queima de arquivo. No seu delírio, decidiu: teria um funeral de luxo, onde boiaria sobre as flores como uma boneca Barbie. Fez Dr. Cabral jurar que cumpriria seu último desejo.

Ainda não recuperada, voltou a fazer expediente. De noite, vagava pelo Aterro do Flamengo, para o que desse e viesse. Uma verdadeira engole-homem. Ali, no monumento aos Pracinhas, as Forças Armadas se alternam montando guarda. O bicharéu aflui, e todos se divertem como pintos no lixo. Mas volta e meia dá uma furada. Uma vez foi obrigada a fazer *striptease* ao luar, cercada pelos milicos marcando o ritmo com palmas e cantando em coro um arremedo de "Summertime" ou "Blue moon". Teve de dar pra mais de dez de graça e ainda levou uns cascudos.

De dia, enfrentava a Central do Brasil, outra barra pesada. Gente feia, preço baixo, polícia enchendo o saco, pastores evangélicos amaldiçoando sodomitas e outros pecadores, tanto calor, ufa! Uma tarde, atravessando a rua, viu que um homem a acompanhava num carro em marcha lenta, fato muito raro nessa área de baixo meretrício.

— Psiu! Você é que é a Gigi?
— Me deixa em paz, tá?! Não devo nada a ninguém...
— Não precisa ter medo que não sou da polícia. Entra aqui.
— Vai pagá o pograma?
— Em dobro, se você quiser.
— Vamo pronde?
— Pela aí...

Foi assim que Gigi Bombom conheceu Rogério – aliás, Coronel Rogério. Vinha de família classe média da Ilha do Governador, trinta e poucos anos de esperteza. Uma autêntica "borbofante", corpanzil de elefante, alma de borboleta, muito comum nos meios gays. O "Coronel" vinha do filme *Coronel Redl*, um dos seus favoritos. Desde criança colecionava tudo sobre cinema: álbum de figurinhas, cartazes, fotografias, autógrafos, trilhas sonoras, figurinos, cópia de filmes. Tinha um apartamento em Copacabana só para isso e era sócio de uma loja especializada no Baixo Gávea. Como todo colecionador compulsivo, não tinha escrúpulos.

Conversa vai, conversa vem, os dois se deram às mil maravilhas. O que ela não desconfiou de primeira, a tapada, é que, através dela, o Coronel queria mesmo era saber detalhes da coleção do Leo, célebre nos meios especializados. Tinha coisas que o outro sempre ambicionara: uma cópia em vinil da trilha de *Christine, o carro assassino* autografada pelo diretor do filme; uma cassete com *Encruzilhada* do Teinosuke Kinugasa; o programa autografado do show em que Carmen Miranda foi vaiada no Cassino da Urca em 1942 por ordem do Filinto Müller; a máscara original do personagem Dra. Zira da série *O Planeta dos Macacos* autografada pela Kim Hunter; cartazes originais autografados, até de Rodolfo Valentino e Greta Garbo. Fora o material pornográfico com grandes artistas antes de conquistar a fama.

Por uma grana, Gigi topou trair o melhor amigo, facilitando a entrada de Coronel no apartamento. Uma tarde, quando Leo voltou do trabalho, encontrou a casa revirada e todos (eu disse todos!) os seus livros, discos, filmes e revistas de-sa-pa-re-ci-dos! Teve um piripaque e caiu duro pra trás.

O que Gigi não esperava é que Tião, o porteiro do dia, e Dona Magnólia, a síndica, fossem denunciá-la como cúmplice. Chegou a ser presa, detida quando apareceu pra disfarçar, como se não soubesse de nada. Durante a acareação na delegacia, Leo, ferido no fundo de sua alma, balbuciou entre soluços: "Até tu, bruta?".

Gigi baixou os olhos, sofisticadamente. Sentiu-se como Dietrich em *Testemunha de acusação*: quanto mais culpada, mais maravilhosa. Aprendera bem a lição.

Estamos no Brasil. Coronel Rogério sumiu como por encanto. Dizem que foi pra Nova York. Rico ri à toa. E ri melhor quem ri por último. Gigi foi finalmente absolvida por falta de provas no terceiro julgamento, mas já estava havia quase quatro anos vendo o sol nascer quadrado.

*****

Dr. Cabral ajeitou o nó da gravata, acendeu um cigarro, deu um pigarro, e começou:

— Como a Gigi tinha busto de mulher, consegui que a juíza a mandasse para a ala do terceiro sexo da penitenciária. Dentro da hierarquia dos detentos, esse é um dos locais menos considerados. Mas pode ser bem divertido. A prostituição corre solta. Parece uma rua da zona, as moças encostadas na parede do corredor, esperando os clientes, que pagam em cigarros, tóxico e outros favores. Tem muita fofoca, muvuca, mas relativamente pouca violência. Ela escolheu trabalhar na barbearia, raspando a cabeça da moçada. Todo dia de visita eu ia lá, levava hormônio pra ela. Assim ela continuou feminina mesmo atrás das grades.

— Devia chover homem lá dentro.

— Nunca falava muito disso, não. A obsessão era o enterro de luxo, vestida de mulher. Sei que com o tempo começou a engordar, e, quando finalmente consegui tirar ela de lá, estava quase irreconhecível. Mas viva.

— Benza Deus.

*****

Flashback. Recém-saída da cadeia, repudiada pelas monas "artista" da Lapa e cercanias, ela refugiou-se entre os párias dos párias. Fez até sociedade com Dedé Dendróbata pra assaltar turista e dividir a grana. Não morava, se escondia, ali pelas cercanias da Rua Visconde de Niterói, na Vila Savana, perto da subida da Mangueira. Reduzida a uma mera engole-homem do terceiro time. Queria morrer a cada minuto do dia, só para ser enterrada como mulher de respeito, com direito a velório, caixão de luxo e tudo mais.

Dizem que Deus é uma mulher má e invejosa. Mas, para alguns, pode ser boa e até mesmo generosa. Quando parecia já estar no fim da linha, Gigi conheceu, apresentada pela velha amiga, Gina Spumanti, uma dupla que lhe deu nova esperança. Uma mulher de verdade, dona Maria João, portuguesa, e uma operada baiana, linda mulata de lentes de contato azuis, que na época usava o nome de Carminha di Verônica. Eram seguramente da turma do Mal, mas a cavalo dado não se olha o dente. Sobreviviam como traficantes de silicone líquido para a Europa, e Gigi passou a morar no apartamento das duas no Largo do Machado. Ali, pouco a pouco, foi se aprumando até recuperar a forma.

— Já viu xereca mais bem-feita que a minha? — perguntou um dia a tal Carminha, tirando a calcinha e arreganhando as pernas.

Diante dos seus olhos, que a Terra há de comer, La Bombom percebeu, oculta entre penugens, uma pequena racha cor de salmão que deixava entrever um interior de aspecto nacarado. Na borda superior, uma pequena pérola barroca em forma de lágrima fazia lembrar certas flores carnívoras, que exibem às futuras vítimas a falsa promessa do banquete fatal. Do interior das dobras pensou ouvir o gorjear de um uirapuru.

— Uau!

— Também tu podes ter uma, se te esforçares... — afirmou Maria João. — Mas vais ter de trabalhar para nós. Que me dizes?

Virou mula do comércio ilegal de silicone no eixo Rio-São Paulo-Belo Horizonte. Trabalho pesado, quase sempre de ônibus. Depois de dois meses lhe ofereceram um carro, mas não sabia dirigir. Preferiu transporte coletivo, achava mais seguro. Trazia na bolsa telefone de um bom advogado em cada uma das três cidades. Viajava de cara lavada, roupa discreta. Uma jovem senhora, tipo boazuda da Zona Norte, cabelo preso em coque. Na sua cabecinha de vento, no teatro da vida agora fazia o tipo respeitável, entre Deborah Kerr e Glória Pires. Mas, com aquele par de peitos, estava mais pra Sandra Milo em filme de Fellini. Deu sempre certo. A muamba era entregue a Maria João, que embarcava todo mês para Lisboa ou Paris.

Enquanto juntava seu dinheirinho suado para fazer a tal cirurgia, Gigi foi ficando fascinada por Carminha. A tal racha não lhe saía da cabeça. Uma tarde, a portuguesa viajando, resolveram curtir ao som do novo disco da Alcione. Alguns gins-tônicas, uma fileirinha, e começaram a se roçar. E aconteceu o que nem o *Kama Sutra*, *O jardim das delícias terrenas* ou o Carlos Zéfiro sequer imaginaram. Gigi comeu Carminha. Pela frente. Tiveram um caso agitadíssimo, com cenas de ciúmes e coisas e loisas. Quando Maria João voltou da Europa, como uma boa europeia, encarou tudo do modo mais natural. Simplesmente tirou a roupa e aderiu. Orgulhosa da sua caceta, Gigi desistiu de operar, preservando-se "inteira". E assim sem dúvida, naquela que foi sua maior interpretação, serviu de homem para duas mulheres ao mesmo tempo. Escrava sexual.

Nessa época retomou o contato com a família, ultimamente resumido a dois lacônicos telefonemas pra Valença no Natal e no aniversário de mamãe. Mandava agora cartões-postais (discretíssimos, só paisagens turísticas do Rio) uma semana sim, outra também repletos de mentiras otimistas. Donana ficou radiante, apregoando para as vizinhas: "Gildinho venceu na vida! Agora é artista!".

Pois ainda tentou insistir na carreira. Auxiliado por suas duas mulheres, Bombom preparou novos números, entre eles aquela rumba estranhíssima sobre as pernas de Isadora Duncan do repertório da Celia Cruz. Aí sucedeu um ataque de olho-grande. A polícia prendeu Gina e descobriu as transações da Carminha e da portuguesa, que tiveram de fugir da noite pro dia. Resultado: Gigi novamente sem lar. Com o pequeno pé de meia que tinha, foi morar no antigo 200 da Barata Ribeiro, dividindo o minúsculo apê com mais duas: Luana Martini e Monique Manhattan, a tal parecida com Jayne Mansfield.

*****

— Foi um trancetê, um tal de homem entrando e saindo, que vou te contar. Mas, em menos de um ano, todas as três conseguimos a grana pro passaporte e pra passagem pra Paris. Só de ida, que na época podia. A portuguesa voltou pro Rio, foi ser empresária de cantora, mas deu a dica da Carminha lá na França. Eu, Luana, sou testemunha. Mas a Monique é quem foi mais ligada com ela por lá.

— Sorte sua que foi pra Marselha — prosseguiu a louríssima. — Nossa Paris foi um mico, durou só cinco semanas. Chegamos lá e já no dia seguinte procuramos a tal Carminha di Verônica, que tinha trocado de nome pra Carmen del Rio. Continuava no tráfico de silicone. Só que já havia um monopólio disso no meio travesti brasileiro, comandado pela Elisa Gastão, mancomunada com a polícia francesa, mais um juiz e até gente da alfândega. Verdadeira quadrilha. A Carminha recebeu ordem pra sair da França em 24 horas. E contratou a tal Mineira pra se vingar.

— Que loucura, meu Deus! Já tinha ouvido falar nisso...

— Foi no meio da rua, um escândalo. Parecia coisa de cinema — lembra Luana. — Tiro de fuzil na cabeça. A Elisa percebeu e tentou fugir, correu mais de um quarteirão com a outra atrás. Na frente de todo mundo, em Pigalle, às duas da tarde!

— Aí sujou geral. Era blitz em qualquer lugar. Carminha sumiu. E eu e a Gigi, mal se virando no francês, sem conhecer nada de nada. Caímos na mão de dois argelinos, que nos botaram no Bois de Boulogne fazendo a vida. Logo pintou polícia. Gigi foi correr, torceu o pé e caiu. Foi presa, cortou os pulsos, mas escapou. Bateram nela, que deu com a língua nos dentes, e uns dez ou doze travestis foram mandados de volta pro Brasil. Inclusive nós duas.

*****

Gigi foi morar no Centro, na Jogo da Bola, morro da Conceição, perto da Prainha. Comia mal, guardava tudo numa poupança "pro meu enterro de luxo". Foi então que ressurgiu envelhecida e amarga nas madrugadas da Atlântica, mais uma entre tantas.

Nessa época, as travecas já tinham invadido as ruas da Zona Sul, fazendo ponto em toda a orla da praia. Muito barulhentas, logo entraram em choque com a vizinhança de classe alta daqueles apartamentões. Nas ruas, sua distribuição obedecia a uma rígida hierarquia. A partir da Rua Santa Clara, o nível da carne humana vai subindo, subindo, até alcançar o auge no Posto 6 e início de Ipanema, mantendo-se assim até quase o final do Leblon. Um misterioso consórcio entre as bichas e a polícia divide os lucros antes mesmo do raiar da aurora. Cada grupo de policiais "protegendo" uma região.

Gigi ocupava o quarteirão entre a Rainha Elisabeth e a Joaquim Nabuco, bem pertinho da falecida Galeria Alasca. Aí havia um *point* gay desde os anos 1950. Do lado da praia, dois restaurantes espanhóis. Do outro, dois pés-sujos com mesinhas. Dentro, coexistiam a portaria do edifício, um botequim, um cinema de arte, um de pegação, uma boate de show para turistas e outra para homossexuais, a melhor pista de dança da cidade. E um salão de barbeiro. Um dos cinemas depois virou teatro, o outro um templo evangélico, e nada mais foi como antes. Hoje o local é tão austero que dá medo.

Mas na época da nossa história era um ponto de encontro da boemia, inclusive internacional. Michês, travestis, artistas, jornalistas, cabeleireiros, bancários, turistas, homossexuais em geral, divertiam-se nas noites de sexta e sábado. Na esquina, o famoso Bar Bico, 24 horas servindo cafezinho e chope.

Foi nele que, certa madrugada, o bailarino americano Lennie Dale foi preso por porte de maconha. Preferiu cumprir pena no meio da bandidagem a ser banido e não poder mais retornar ao Brasil.

No intervalo dos clientes, Gigi dava pinta pelo local. Foi numa rodinha de ti-ti-ti que conheceu o Luís (Luigi) Pellegrino. Um italiano de bigodinho fino, cabelo ruivo e fala mansa que tinha pintado no pedaço num certo verão. Já se passavam três, e nunca mais voltara. Dizia a todos ser empresário de artistas do segundo time, os chamados bregas, em shows milionários na periferia. Conhecido 171. E não foi que se enrabichou por ela?

Essa, gata escaldada, se fez de difícil enquanto pôde. Mas terminou cedendo. Na suíte modernosa de um motel de arquitetura marajoara, cantarolou para ele o "Babalu" de Lecuona saidinha do banho, enrolada numa toalha, os peitos arfando, a genitália camuflada entre as pernas. Ele quase pirou. Gostava de velha. Prometeu contratá-la, ela fingiu acreditar, e foram às vias de fato. No dia seguinte, Gigi recebeu em casa um envelope pardo. Não deu importância e só foi abri-lo de noite, praticamente na hora do *trottoir*. Quase caiu dura. Tinha uma minuta de contrato dentro. Pellegrino a queria para um *pocket show* com um famoso humorista da velha guarda: a célebre paródia de Tennessee Williams *Uma bunda chamada desejo*. Para excursionar. "Amanhã ligo pro Dr. Cabral e acerto o assunto", lembrou. "Com essa grana toda eu compro um jazigo de mármore com anjo e tudo!"

Chegou no calçadão radiante. "Essa é minha última noite na viração, vou logo avisando."

As outras gargalharam de incredulidade. Ficou o tempo todo conversando com as amigas, embora mais de uma a tenha alertado contra o perigo dos contratos fajutos.

Quase não fez programa. Entrou num Fiat, discutiu com o cliente e saiu batendo a porta. O homem ameaçou subir na calçada atrás dela. Mas a reação de Gigi & Companhia, pegando as pedras de autodefesa já amontoadas previamente perto dos canteiros, o botou pra correr com um hematoma na testa e um vidro rachado. O relógio digital marcava 2h43 da madrugada.

Para comemorar vitória, as monas que estavam de plantão naquela noite quente de lua cheia usaram e abusaram da maconha. Depois de bem chapadas, começaram a dançar, primeiro em silêncio, depois cantando baixinho, finalmente berrando. O barulho foi tanto que acordou os moradores dos edifícios, que jogaram água, ovos e até objetos em cima delas. Uma dessas coisas tinha a forma de um caralho *art-nouveau*, imitando ouro maciço. Depois de uma disputa de cotoveladas, Gigi apoderou-se dele. Parecia uma antiguidade valiosa. O troço começou a esquentar, soltou uma fumaça azulada e de dentro dele saiu um gênio em forma de um homenzinho gordo, vestido à moda oriental dos filmes de mil e uma noites. Com voz sibilante, dirigiu-se à perplexa plateia:

— Cada uma de vocês pode fazer um desejo, que será atendido.

Quase um minuto de suspense.

— Pois eu quero virar mulher de verdade — ironizou Luana Martini.

No mesmo minuto, o crioulo virou mulher. Depois de apalpá-la e ver que era verdade, todos ficaram excitadíssimos de desejo.

— Quero voltar aos meus vinte anos — ofegou Vanusa Bardot.

Imediatamente a coroa voltou a ser gatinha.

E assim, um a um, os travestis daquele quarteirão foram tendo seus desejos realizados.

— E você? — perguntou o gênio para Gigi, que ficara por último.

— Quero ser a maior cantora do Brasil.

— Já é.

Ela entoou um belíssimo bemol, de pureza cristalina. Nesse exato momento houve um estrondo, o solfejo transformou-se numa golfada de sangue, um Fiat acelerou e fugiu. Era o fim do barato, na sua expressão mais crua. "Morre, veado!", gritou uma voz masculina. Vanusa, de relance, reconheceu o cliente rechaçado pela amiga horas atrás: branco, magro, uns sessenta anos, ainda bonitão, discreto, cachimbo na boca. "Assassino!", berrou com sua voz de Pato Donald. Numa fração de segundo, Gigi Bombom agonizava nos braços das companheiras.

— Eu não quero morrer... Não quero... Que injustiça, meu Pai do Céu...

O sangue brotava de sua boca. O pescoço, assim como o resto do corpo, estava fora de lugar, a cabeleira loura (deixara de ser ruiva para despistar a polícia), toda desarrumada. Parecia uma boneca quebrada. Pressentindo que não ia mesmo escapar, Gigi ainda ergueu a mão, onde o vermelho do esmalte se confundia com o do sangue, e sussurrou no ouvido do veado mais próximo.

— Não esquece do meu enterro, senão eu volto pra puxar teu pé!

E esticou as canelas.

Os travestis, emocionados, correram pros bares próximos, trouxeram velas e acenderam em volta do cadáver. Nesse momento, porteiros e curiosos já formavam um pequeno grupo de espectadores. Ficaram ali no sereno, mesmo depois da chegada da polícia. Estranho velório surrealista à beira-mar. A vinda do Dr. Cabral facilitou a negociação. O rabecão só chegou umas duas horas depois. O sol nasceu, e a calçada que assistira à tragédia, lavada do sangue pelos porteiros, foi ocupada por babás e criancinhas, esportistas, velhinhas e seus cachorros. Copacabana voltava a enganar.

*****

— Bem que avisei pra ela não entrar naquele carro! — choramingou Vanusa, arrumando as flores do caixão. — Era o tal de Zé Rubens. Famoso por perseguir homossexual. Ela recusou o programa, ele ficou puto e se vingou.

— Se todo mundo sabe, por que a polícia não prende? — quis ingenuamente saber a Taquara Rachada.

— Tem as costas quentes. Parece que foi da polícia e, ainda por cima, é jornalista. Volta e meia apronta uma — esclareceu Dr. Cabral.

— No início do ano foi a Salomé, lá na Mem de Sá. Tá de muleta até hoje. É quando menos se espera que ele ataca.

A conversa murchou com a chegada de Pellegrino, discreto, paletó preto, óculos escuros. Ficou alguns minutos encarando o corpo. Depois, perguntou:

— A que *ore* vai ser *enterada*?

— Nove da manhã.

O italiano deu um suspiro. "Ainda falta muito", refletiu. Sentou-se num dos bancos laterais e ficou ali sozinho, cabisbaixo. Do outro lado da sala, Taquara suspirou, sempre sentimentaloide:

— Ela não está linda no caixão?

— Ma-ra-vi-lho-sa. O vestido é um *must* — acrescentou Caballé.

— Era do show que ia estrear na boate da Barra.

— Tadinha. Tava toda quebrada. Deu um trabalho danado reconstruir a cara dela. Se não fosse a Eva...

— Só fiz minha obrigação — respondeu, lacônica, *Fraulein* Braun, exímia maquiadora de defuntos.

Dr. Cabral parecia preocupado, pra lá e pra cá de mão no bolso, fumando muito.

— Que foi, criatura?

— O tempo tá passando e a família não chega. Tem certeza que o endereço é esse mesmo?

— Absoluta. Tava na gaveta dela.

— Só resta esperar.

E assim passou a madrugada, sem que o boteco do Nassim registrasse uma vez sequer a presença das belas damas. Quando o dia começou a clarear, todas cochilavam, exaustas. Foi Dr. Cabral quem ouviu primeiro e abriu um olho pra espiar. Eram vozes arrastadas, cheias de vogais abertas, sonoras, como que vindas das profundezas do Brasil. Vozes de um outro mundo.

— Será aqui mesmo?

— Mainha, tá escrito na porta.

Enquadrada pelo espaldar, a figura patética de uma senhora de luto, esquálida e de aspecto cansado, cercada por dois homens de terno. Parecia uma intervenção de toscos personagens de Portinari no mundo diáfano dos quadros de Elyseu Visconti. Chavela Vargas no *boudoir* da Bella Otero. A velha gemeu bem alto.

— Meu filho?!

Cabral decidiu intervir:

— A senhora é que é a Donana, mãe da Gigi?

— Quem?!

— Do Astrogildo.

— Ai, meu filho querido!

E caiu num pranto que jorrava como um chuveiro, quase molhando os presentes. Um dos irmãos, desconfiado como bom matuto, perguntou:

— É o corpo que está ali?

A essas alturas a velha, que já estava na cabeceira do cadáver, estrilou:

— Oxente, isso aqui não é o Astrogildo, não!

A cena era grandiloquente. Em volta da morta evoluiu uma dança involuntária, mas de marcações muito claras. A cada passo à frente dado pelo vulto escuro da mãe desesperada e seus dois filhos (um deles lia a Bíblia sem parar), o grupo multicolorido das engole-homem recuava outro. E, a cada passo atrás, como que surgia dentro de cada mona o homem que deveria ter sido um dia. Seus gestos e traços adquiriam uma virilidade antes inexistente. Quase fazendo a volta completa no caixão, Cabral tentava explicar pra velha que aquela loura maquiadíssima era mesmo o antigo menino de Valença.

— Essa daí não é meu filho, não senh…

Teve dúvidas se era um "senhor" ou uma "senhora". Irritou-se. E, tomando força, vociferou:

— Fora daqui! Sai todo mundo! Xô!

Quietinho no seu canto, o italiano nem se mexeu. Ali onde estava, ali ficou, com os olhos baixos e a mente distante. Quem poderia substituir Gigi na peça?

Mas as bonecas saíram humilhadas, atiradas porta afora como cachorras vadias. Debaixo dos olhares irônicos dos funcionários do cemitério, atravessaram a rua e invadiram o boteco do Nassim, onde foram recebidas com risinhos abafados. Parecia uma revoada de araras. Bater de asas, cores vibrantes, vozes anasaladas e nervosas.

— Ab-sur-do!

— Escorraçada nessa altura do campeonato!

— Audácia da caipira!

— Isso não fica assim, não!

— Algum problema com as senhoritas? — debochou Rivelino.

Nassim refletia como, desde a tardinha, tivera o pressentimento de que os que então ainda pensava serem "artista" viriam gastar no seu estabelecimento. Mas de travesti tinha certo receio. "Marginais é o que eles são... Rebotalho da sociedade... Vão espantar a freguesia..." As vozes graves e melífluas de Caballé e Luana o trouxeram de volta.

— Um sanduíche de pernil e um guaraná.

— Pra mim um Domecq. Em homenagem à Isaurinha Garcia.

Ao exemplo delas, todo mundo resolveu fazer pedidos, o ambiente descontraiu e as vozes foram gradativamente voltando ao tom normal. Rivelino, cortejado por todas como o melhor representante da virilidade ambiente, estava todo prosa.

Sendo os únicos que não estavam montados com roupas femininas, Taquara Rachada e Dr. Cabral foram incentivados a voltar à capela para ver o que estava acontecendo e avisar quando chegasse a hora.

Menos de vinte minutos depois, Taquara retornou, quase sem fôlego de tanta indignação.

— Gente! Não dá pra acreditar! Tiraram a peruca da Gigi, lavaram a cara dela e ainda vestiram o paletó de um dos irmãos!

— Não!

— Desmontaram a bicha toda! Tá parecendo uma palhaça! A mãe tá lá abraçada no cadáver, chorando e falando as coisas mais absurdas. Quando me viu, deu um soluço tão grande que achei melhor sair... Mas o Cabral ficou... E o italiano.

— Vou assistir ao enterro da minha amiga, custe o que custar!

— Eu também!

— E eu!

— Se for para fazer escândalo, não contem comigo!
— Que escândalo?! É direito nosso...

O caixão saiu logo depois, seguido pela família, Pellegrino e Dr. Cabral. "Ficaram com as flores que eu paguei, portanto vão ter de me aturar até o fim", ruminava esse último. Fechou os olhos para não ver cadáver, bochechudo e branco como cera, cabelo rapado curto para disfarçar o início de calvície, vestido de terno escuro, com muitas flores para esconder os seios de silicone. "Que pantomima filha da puta! Essa não é a Gigi. Pode ser o tal Astrogildo, mas não é a minha Gigi. Não respeitaram nem o último desejo da pobre coitada!"

Através das aleias, o pequeno cortejo avançou impávido, seguido a certa distância pelo grupo das renegadas. Um dos irmãos leu um trecho bíblico que fala da Ressurreição e esse tipo de coisa. O sol já estava forte quando os parentes se retiraram.

— Agora vamos nós! — comandou Caballé.

Todas suadas, com as maquiagens se desfazendo, nossas galantes damas se uniram contritas para homenagear a antiga companheira. A voz estridente de Taquara puxou uma ave-maria. Depois da oração, repetida três vezes, relaxaram, sentadas nas tumbas em volta. Fumaram, conversaram com os coveiros, deram gargalhadas. Rivelino, que as seguira, curioso, veio se aproximando. E enquanto Dr. Cabral cochilava, de boca aberta debaixo de uma árvore onde moscas zumbiam, uma cova vazia nas proximidades abrigou a confraternização de dois ou três casais incontroláveis, na mais alegre das fodelanças. Por esse curtíssimo momento, a vida venceu a morte.

Eram treze horas em ponto de um dia de muito calor.

PELO LEITE DERRAMADO

"... quer dizer então que a vida é isso? Tão pouco na parte que nos cabe, e tanto, tanto, no que somos obrigados a dar, contribuir, no que é tirado de nós, ou coisa que o valha? Um jogo de dados no qual 99,9% dos jogadores sempre perdem? Uma metáfora da reprodução humana em que, dos bilhões de espermatozoides de uma trepada, só um (ou dois, no máximo) pode sonhar em chegar 'lá'? Um filósofo (teria sido Schopenhauer ou Kierkegaard?) a definiu como a única doença verdadeiramente incurável... Então pra quê? Se não há justiça e tudo não passa de um mero acaso, de um lance de sorte?"

Assim pensava ele dentro do táxi, rumo ao hospital Souza Aguiar, naquele sábado ao meio-dia, verão carioca, 40 graus à sombra.

Trim-trim-tiririm-trin-trin.

Avenida Atlântica. Acordara de manhã, bem de manhã, por volta das 6h40, com o telefone chamando. Do outro lado, uma vozinha masculina meio distante, calma, quase tímida:

— É da casa do doutor Danilo Dumar?

— Exatamente.

— Aqui é da emergência do hospital Souza Aguiar, da parte do senhor Jurandir. (Pausa.) Ele sofreu um acidente.

Um frio percorreu sua espinha do cóccix até o pescoço, secando imediatamente o suor escaldante e pegajoso que o grudava.

— O que foi que aconteceu? — perguntou apavorado.

— Queimadura — respondeu a vozinha.

— Mas como?

— É melhor o senhor vir aqui. Hoje tem visita depois das catorze horas. Procure dona Inês no Centro de Tratamento de Queimados, no quinto pavimento.

Desligou.

Aqui está ele novamente, atravessando a rua. Na recepção, uma voz de maritaca cortou os ares, por detrás de um par de óculos bifocais.

— É parente?

— Não. Sou a pessoa pra quem telefon...

— Se não é parente, só com autorização.

— Eu procuro a dona Inês no CTQ.

Ela baixou a crista. E, meio decepcionada, disse:

— Um momentinho, que vou ligar.

Danilo se afastou um pouco, passeando na espécie de corredor coberto, com um dos lados abrindo para o pátio, onde entravam e saíam as ambulâncias e os carros que traziam doentes para a emergência. Um grupo de pessoas de aspecto humilde formava uma pequena fila diante de uma sala, prontuário na mão. Outras sentadas, num degrau, a cabeça entre as pernas. Duas mulheres choramingavam, abraçadas. Sentiu-se com todas aquelas culpas que atormentam as pessoas honestas quando postas frente a frente com a realidade social. Respirou fundo, mãos no bolso, olhar distante. Um menino de uns 8 anos puxou-lhe a manga da camisa e apontou o guichê da maritaca. Esta, já conformada, sem um pio, entregou-lhe o telefone. Depois de duas ou três frases banais, foi autorizado a subir.

O corredor deserto levava a saletas também vazias, uma surgindo dentro da outra, como aquelas bonequinhas russas matrioscas, até que descobriu o lugar certo. Três enfermeiras conversavam sentadas em volta de uma mesa. Uma era a tal da dona Inês. Tinha o olhar severo e as sobrancelhas espessas.

— Ele é o que seu?

— Amigo.

— Hum... — resmungou, ríspida. — Deu seu telefone antes mesmo de chamar a família — observou, meio maldosa.

Teve de botar touca, avental e luvas. Uma das outras mulheres o levou então a um quarto de pé-direito alto onde, deitado e cheio de tubos, estava Jurandir. Seu corpo enorme era maior que a cama, e os pés sobravam além do colchão. As pernas do joelho para baixo eram uma queimadura só, com pedaços em carne viva, e também partes do rosto e do peito. As feridas ficavam ainda mais destacadas contra sua pele preta. Parecia um churrasco humano. Uma das mãos estava enfaixada. Danilo aproximou-se. O amigo reconheceu-o com os olhos baços, levantou a cabeça com grande esforço e falou num fio de voz:

— Não quero dar trabalho...

A enfermeira o forçou a deitar no travesseiro e o entubou. Ele desmaiou por alguns segundos. Danilo mal sabia o que fazer.

— Largaram ele na portaria, de madrugada. Gritava de dor. Deu sorte de ter vaga aqui no CTQ. Queimadura de álcool. Uma das piores. É um caso bem grave.

Jurandir recuperou os sentidos e ficou de olhos abertos, esbugalhados, sem dizer um pio. Um tubo entrava por sua boca e fazia um barulho suave de borbulhas. A mulher ajeitou e o barulho parou. Saiu dizendo que, se precisasse de algo, era só chamar. Danilo pegou na mão do amigo (a que não estava enfaixada) e tentou se concentrar para passar alguma energia. Ele pareceu dormir, mais tranquilo.

Saiu arrasado em direção à sala das enfermeiras.

Foi quando se deparou com a família. Uma preta vistosa, que lembrava a cantora Eartha Kitt como a Mulher-Gato, olhou-o com ferocidade. Teve a impressão de que suas unhas poderiam dilacerar seu pescoço em poucos segundos. Ao seu lado, dois meninos de cerca de 12 anos com cara de coala; uma velha matriarca meio gorda; uma jovem mais clara, quase branca; e um crioulo jovem com cara de bobalhão.

A Mulher-Gato tentou entrar direto no quarto, mas foi detida pelas enfermeiras, que, com energia, a obrigaram a vestir touca e avental. Os meninos choramingaram e fizeram o mesmo, assim como o bobalhão. Danilo ficou sozinho com a velha e a jovem desbotada. Sentou-se ao lado delas num banco duro de madeira, sem espaldar.

— Meu filho vai viver, moço?

— Se Deus quiser.

— Nunca fui com a cara dessa minha nora. Se ele ainda morasse comigo, não tinha acontecido essa desgraça!

— Jurandir já é homem, mãe. E gosta dela.

— Como foi que se queimou desse jeito?

— Foi ele mesmo. Tava muito bem conversando, de repente derramou a garrafa de álcool no corpo e acendeu o isqueiro. Abafaram com cobertor e deixaram aqui na porta...

— Isso é o que ela diz.

— Ontem parecia tão bem...

— O que é a vida...

Danilo não falou mais. Ficou absorto, os olhos fechados, longe, muito longe. Não sabe quanto tempo, mas foi um bom tempo. Pensou no amigo dançando divinamente nas gafieiras e bares da Rua do Lavradio, sempre alegre, o belo sorriso de criança. De repente, a imagem se desfez. Acordou com gritos e choros e, quando abriu o olho, nem a velha, nem a moça estavam mais lá. Por alguns segundos a sala continuou vazia, mas logo depois, seguindo um médico apressado, surgiram a Mulher-Gato (que se chamava Dirce, segundo percebeu), os dois meninos e a velha. Todos gritavam.

— Morreu! Meu filho morreu!

— Papai!

Então acontecera o pior. Nunca mais aquele sorriso, aquele abraço, aquele aperto de mão. Nunca mais os chopes das sextas-feiras que duraram décadas, as conversas de botequim. Nunca mais.

Teve medo de chorar na frente de todo mundo. Prendendo a respiração, caminhou até o quarto do morto e aproximou-se do leito. Já tinham coberto o rosto com um lençol, mas os pés continuavam de fora. Carne viva.

— A enfermeira disse que o senhor foi a última pessoa que falou com ele — aproximou-se a Mulher-Gato, meio cabreira.

— Parece que foi...

— Deixou algum recado, alguma coisa?

— Disse que a vida vai melhorar — inventou.

— Mentiroso até depois de morto, o Jurandir.

Danilo ficou só mais um pouco por ali, a hora pertencia à família, à intimidade de mãe, irmãos, mulher e filhos. Era um estranho no ninho. Retirou-se logo depois, não sem antes deixar seu telefone com a jovem clara e contribuir com uma quantia razoável para o enterro. Desceu pelas escadas vazias, pensativo. Que simpática a mãe do Jurandir! E a irmã, tão prestativa. E a esposa, Dirce, a Mulher-Gato, bonitona, e os dois filhos com ar tão inteligente. Pena que não deu para conhecer melhor o irmão mais novo, o Gabão.

Achou que estava ficando maluco, pois até momentos antes ele, para quem o morto por vinte anos tinha sido o melhor amigo, que havia invocado seu telefone antes mesmo de chamar a família, simplesmente não tinha conhecimento que Jurandir tivesse nem mãe, nem irmãos, quanto mais mulher e filhos. Nem que fosse auxiliar de serviços gerais. Tão pobre, coitado! Parecia um engano de pessoa, mas não, ele vira, falara com ele, que o reconhecera.

Então fora iludido por vinte anos! Então todas aquelas histórias eram mentiras deslavadas! Então... Quase chorando, de repente lhe deu uma vontade selvagem de gargalhar. Antes disso, chegou na portaria. Um sinal fechado fez a rua por alguns momentos deserta de carros e ônibus. Um grito estranho veio do lado do Campo de Santana. Estremeceu sem perceber.

— É o pavão. Tá no cio — riu sem vergonha o vendedor de cachorro-quente.

Entrou no primeiro táxi. Sua cabeça parecia um turbilhão. O que mais o intrigara fora sempre a capacidade do outro de se enturmar em qualquer local e circunstância. Numa birosca da Lapa, num centro cultural ou numa esquina qualquer, ele logo conversava, ria, conquistava, seduzia e fazia amizades rápidas. Era confundido com dançarino, ator, sambista. E, com sua lábia do Estácio, nunca passou mau pedaço numa conversa. Já o vira também ajudar cego e velhinha a atravessar a rua. Vinte anos atrás, quando conhecera Jurandir, este era pouco mais que um adolescente. Gostou dele, quinze anos mais moço, e aproveitou que era hora da retirada da caçada humana, enquanto era tempo e ainda tinha saúde e boa aparência.

Danilo era inteiramente diferente do amigo, por ser sofisticado por natureza e culto. Morou fora do Brasil, estava bem empregado numa editora da Zona Sul, onde morava. Eles se conheceram na alta madrugada, no início dos anos 1980, assistindo a um show do transformista Gigi Bombom no Danúbio Azul. Mantiveram um encontro semanal durante cinco anos. Uma espécie de *Último tango na Praça Tiradentes*, no início com nomes falsos e tudo o mais. Diferença de classe, luta racial e choque de gerações numa tacada só. Um acabou descobrindo a verdade do outro, mas continuaram. Depois o tesão mixou, e estiveram afastados um bom tempo. Há treze anos se reencontraram, e tudo recomeçou.

Na realidade havia uma simbiose entre os dois, que formavam uma estranha dupla, entre as tantas que circulam no Centro nas noites de sexta-feira. Cinelândia, Lavradio, Arcos da Lapa, Prainha, o circuito todo. "Aqueles dois", comentavam entre si os garçons dos bares que frequentavam havia séculos. "O que será que eles ainda conversam depois de tanto tempo?!", fofocavam os despeitados. Muitos anos de convívio levam as pessoas a atuar em dupla, como no teatro. Andam com o passo meio sincronizado, riem meio parecido, estão sempre conversando mais entre si do que com os outros. Jurandir era tão parte da sua vida que quase nem pensava mais nele. Uma rotina, um doce veneno.

— Chegamos, doutor — disse o motorista do táxi, trazendo Danilo de volta à Terra.

— Desculpe. Estava distraído.

Pagou e saltou.

No elevador, entrou numa de lembrar também os defeitos do parceiro, e, nos dez andares que subiu até a cobertura, uma dose de fel inundou seu organismo, num crescendo. Pedia dinheiro. Não como michê (em espécie) ou gigolô de bicha velha (em favores e presentes), mas como um amigo necessitado. Uma vez ligou a cobrar de um orelhão querendo o dinheiro para duas passagens de ônibus. Houve épocas em que ligava várias vezes durante a semana, aflito. Sempre mixaria. Ficava desesperado ou ameaçador. Levou uma bronca. Parou. Mas volta e meia regredia. E mentia, também. Estava trabalhando sempre numa empresa de grande porte, técnico em eletrônica. Ficava lá um tempo e saía depois de uma desavença salarial. Numa, chegou a ficar onze anos. Comprara uma casa financiada pela Caixa em Maria da Graça, pertinho do metrô...

E agora descobria que não existira nada disso; era auxiliar sei lá de quê, nunca tivera onde cair morto. Maior caô! Que ódio! Já desconfiara. Como alguém tão bem empregado não tinha dinheiro pro ônibus ou pra cigarro? Mas Jurandir jurava de pés juntos. Chegava a chorar de indignação. Grandalhão daquele jeito. Depois de tantos anos, Danilo fingia não se incomodar mais com o assunto. Mas agora tivera a certeza. Tudo papo-furado. Fora a mãe, os dois irmãos, a mulher e os filhos!

Tremendo de humilhação, desceu do elevador e subiu uma escadinha que levava até a porta de casa. Entrou pelo terraço, atravessou o caminho entre os grandes jarros de plantas tropicais e foi aí que se lembrou da última frase do outro no CTQ do Souza Aguiar: "Não quero dar trabalho".

Aquilo voltou aos seus ouvidos na mesma voz ofegante que ouvira na enfermaria. Resolveu tomar um comprimido. Dormiu como uma pedra, acordou rapidinho no cair da tarde com um telefonema da irmã de Jurandir, dando hora e local do enterro. Voltou pra cama e cochilou.

Sonhou com aquela velha história da carochinha ou fábula das mil e uma noites. Não importa. A do camponês que vai ao mercado levar um jarro de leite para vender. No caminho, calcula o que pode fazer com o dinheiro arrecadado, quanto gastar, quanto aplicar e em quê. Vai comprar umas sementes, com o dinheiro da colheita comprará um burrico, depois uma carroça, e assim vai enriquecendo. Já quase capitalista, tropeça numa pedra, o jarro se quebra, e lá se vão os sonhos dourados.

No meio do caminho tinha uma pedra. Tinha uma pedra no meio do caminho. Sempre tem.

Acordou com sede, bebeu um copo d'água, não conseguiu mais dormir. O sonho não lhe saía da cabeça. Descobria que tudo que sempre quisera – mais do que a realização profissional tão tardia, do que o bem-estar material sempre instável, do que a beleza física já se despedindo, da cultura cada vez maior, porém sem utilização prática – não valia um segundo da presença do Outro, tão diferente de si, tão outro, tão primordial. Tudo parecia ter partido dele e convergido para ele. Mas o leite derramara. E com ele a possibilidade de viver um sonho em vida. E Danilo, que sempre amara o Jurandir sem perceber quanto, via agora como este sempre se esquivara de lhe contar toda a verdade, talvez para manter a aura de pessoa independente, por isso mais interessante. Por orgulho. Por vaidade. Para não aborrecer. Por que, meu Deus, é preciso perder tudo para então dar valor às coisas? Que estranhos caminhos temos de percorrer.

"Não quero dar trabalho."

Agora entendia melhor o sentido da frase derradeira, em tom de desculpa, digna de um acrobata que fizesse uma pirueta e se estabacasse de cara no chão. Como o teatro é cruel quando invade a vida real.

— Isso é justo? — perguntou a si mesmo em voz alta.

Qual teria sido o verdadeiro Jurandir? O malandro carioca dos sambas de Wilson Batista? O pai de família trabalhador? Um Rodolfo Valentino das gafieiras? Gigolô? Sedutor profissional? Grande amigo? Farsante? Psicopata? Bipolar? Funcionário subalterno de grande empresa? Ou o chato pidão de dinheiro? E quais outras facetas ainda teria que nunca descobriria? Ou fora todos eles, cada um no seu ambiente, camaleonicamente, para não dar trabalho? Certa inveja passou pela sua cabeça.

No enterro, ao contrário do que previra, conseguiu se portar com dignidade. Por ser o único branco e de inequívoco aspecto da Zona Sul, foi olhado com certa curiosidade pelas pessoas presentes no velório. Na hora da saída do corpo, enquanto todos rezavam, sua cabeça explodia ao ritmo de uma invisível batucada. Que vontade de gritar, de berrar, de se rasgar toda! "Queria ser pandeiro pra sentir a tua mão o dia inteiro na minha pele a batucar!" Pro inferno a luta de classes, a diferença de idade e de raça. "É com esse que eu vou sambar até cair no chão." "E daí? E daí?" Conteve-se. À custa de empurrões e cotoveladas, foi um dos que carregou o caixão até a gavetinha fuleira numa parte erma do Cemitério de Inhaúma. Ali Jurandir ficará para sempre, o quinto da esquerda para a direita. *Sic transit gloria mundi.*

Quando todos já se afastavam, solidários e consoladores, percebeu que ficara só entre as tumbas e dirigiu-se à saída. No meio do caminho, não pôde conter as lágrimas, que vieram fartas. Ao longe, sem que ele notasse, a Mulher-Gato reparou, abraçou os filhos e seguiu orgulhosa, sem nem um olhar de apoio ou reprovação. Danilo, os olhos vermelhos e a cara inchada, tomou rápido uma condução de volta para casa, convencido de que ninguém desconfiara de nada.

Andava como um autômato, e só agora, vindo do cemitério, compreendia a gravidade dos fatos. Era para sempre. Jurandir, no cúmulo da ambiguidade, tornara-se um enigma que nunca seria inteiramente decifrado. Algum pedaço do seu cérebro cantarolava Dolores Duran, "a solidão vai acabar comigo".

Caminhou para o quarto, mas, esquecendo que a faxineira tinha encerado o chão na véspera, escorregou e caiu de costas. Nas frações de segundo em que deslizou de barriga para cima até bater com a cabeça no rodapé da parede, teve pensamentos musicais. Será que o amor, como soluçou a grande Dalva, é

mesmo o ridículo da vida? Seu mundo caíra, prevenira a bela Maysa, e teria de aprender a levantar.
    Bateu com a cabeça na parede.
    "Acho que morri", pensou. "Tomara."
    E ficou ali deitado, imóvel, numa poça de sangue.
    Foi achado no dia seguinte pela empregada. O síndico e o porteiro providenciaram médico e hospital, pois não tinha parentes. Mas não morreu, como queria. Tinha um bom plano de saúde e escapou sem sequelas ou cicatriz.
    A vida continua para Danilo como um brinquedo do qual se arrancou uma peça e não funciona mais como antes. Tentou entrar em contato com a família do morto para uma missa de sétimo dia. Seria uma boa maneira de manter algum vínculo. Lembrou que não tivera tempo de pedir o telefone. Só eles poderiam ligar. Mas desapareceram todos para sempre, sem deixar pista.
    Quase imediatamente, desinteressou-se pelo sexo, retirando-se dessa arena velha de guerra, por absoluta falta de interesse nos novos gladiadores. Um belo dia se deu conta que, apesar dos vinte anos juntos, não guardara nenhuma lembrança material de Jurandir. Nem uma simples foto 3x4. Nem um bilhete. Nem sequer um trapinho. Mas não conseguia esquecê-lo e ao seu mistério, seu cheiro e seu sorriso.
    E quase sempre, quando vê pela manhã o magnífico nascer do sol de Copacabana, lê de tarde na biblioteca ou medita no terraço à luz da lua ouvindo jazz, Danilo sente, pelo farfalhar da cortina, que o amigo não se foi totalmente. Está ali, na penumbra. Observando.

O AMOR É UMA NECESSIDADE MUITO PERIGOSA
ao som da música homônima de Charles Mingus

Carro importado. Estrada na periferia da cidade, limites da zona rural. Dois homens entrando na meia-idade. Um gordo, com queixo duplo e olhar *blasé*. O outro, magro, parece meio tenso. Reclamava.

— Que fim de mundo!
— Foi você quem quis vir.
— Pudera! Com a propaganda que você faz...
— Você vai gostar. Tenho certeza.

Quarenta e cinco minutos depois, o carro diminuiu a marcha num recanto de estrada. De um lado, um bar de esquina com uma longa varanda coberta, mesinhas e cadeiras. E um posto de gasolina. Do outro, o portão discreto de uma casa grande, semioculta pelas árvores do jardim.

— Chegamos.
— O que que é isso aqui?
— Perto de Xerém.

O Gordo estacionou ao lado do posto, onde já se encontravam dois outros carros de luxo.

— Tem mais gente aí. Que chato!

— Vamos dar um tempo, que a cerveja aqui é mais barata.
Desceu e entrou no bar. O Magro sempre atrás dele. Pegaram dois maços de cigarro, duas cervejas no balcão, e foram pra uma mesa isolada. O ambiente estava deserto, salvo alguns gatos pingados.
— Deixa que eu pago.
— Dando uma de Mamãe Noel, é?
Ignorando a pergunta, o Magro bebeu um gole.
— Calma, Clotilde. Tá nervosa?
— Precisa humilhar? Precisa?
— O que é que eu fiz, criatura?
— Ficar me chamando de mulher.
— Ora, meu bem, queria que eu chamasse de quê? Isto aqui é lugar de veado. Você não quis tanto conhecer?
— E os tais rapazes?
— Calma. Vamos lá.
— Parece um deserto. Só de pensar, sinto um frio na barriga. Sinistro!
Uma algazarra masculina se aproximou. Quatro machões entraram e foram pro bar. Olharam para os dois. Cochicharam. Riram. Sabendo-se olhados, exibiram-se.
— Não disse, Denise?
— Não me chame mais desses nomes... pelo menos em público.
O Magro olhou obsessivamente um dos homens. Cafuzo, cabelo com corte militar, calção de futebol, sob o qual se insinuavam possibilidades mil. O Gordo logo percebeu.
— Se acenar com uma nota de 50 reais ele tira a roupa aqui mesmo... Ou nos enche de porrada. Não deve ser dos mais difíceis. Já passou dos 30.
— Nunca paguei homem na minha vida!
— Ora, Eduína...

— Não me chame mais no feminino, tá boa?
— Tudo bem, querida. Mas vê se desce do pedestal. Aceitou vir num lugar desses e não quer gastar?!
— É diferente. Pesquisa sociológica. Não sabia que esse aí fazia parte...
— Não faz. Mas pode fazer. Acaba essa merda e vamos logo encontrar o Gilson.

Atravessaram a estrada, tocaram a campainha, e abriu-se o portão do sítio de muro alto. Entraram. O Magro teve uma surpresa. Nada indicava estar dentro de uma casa de prazeres. O jardim em torno, discreto; a casa semidistante, quase ascética; o silêncio; tudo lembrava mais um centro espírita ou um hospital. Atravessaram uma alameda de sapucaias e, diante da casa, deram de cara com uma bicha muito feia e alta e velha, toda de branco, com uns colares de contas. Moreníssima, era quase impossível identificar o seu tipo étnico. No resultado final, parecia malaio, como um personagem de Joseph Conrad. Era careca no alto da cabeça e na testa, porém tinha longos cabelos grisalhos nos lados. Vinha acompanhado de um jovem de cabeça raspada, sempre alguns passos atrás. O velho levantou num cumprimento a mão nodosa.

— Salve! Quem é vivo sempre aparece.

Era o célebre Gilson da Pedra Branca, ex-suboficial da Marinha de Guerra, ex-carnavalesco de escola do segundo grupo, ex-babalorixá de um terreiro vinculado ao Gantois, atualmente guru da Plenilúnio, seita fundada por ele mesmo, diziam que por inspiração do próprio Tinhoso. Nas folgas de fim de semana, divulgava o Amor Grego, ou seja, o homossexualismo entre machos. Os muito efeminados e as travecas não eram bem-vindos. Mas, dependendo do poder aquisitivo do convidado, todo mundo que não tinha peito nem silicone nas bochechas podia comparecer. O Gordo, embora pintoso como Oscar Wilde, foi introduzido por um famosíssimo diretor de telenovela, tido pela opinião pública como destruidor de corações femininos, e já frequentava havia pouco mais de um mês.

— Não vai me aprontar, hein? — recomendou.

O Magro nem teve tempo de responder, pois a proximidade já era o suficiente para que o anfitrião escutasse a arenga dos dois.

— Salve! — voltou a saudar Tio Gilson, como o místico era chamado na intimidade pelos seus garotos. (Durante as sessões da Plenilúnio, era apenas Mestre, com todo o respeito.)

— Salve meu dentista favorito!

— Esse é o amigo de quem falei...

— Ah, o professor de Mitologia!

O Magro abriu a boca para se apresentar.

— Cuidado! Seu nome lá de fora não tem nenhuma utilidade aqui dentro. Batizo cada um do jeito que eu sentir. Esta semana o tema são pedras. Você vai ser Esmeralda. E você, sua gorda, vai ser Safira.

Colou nas costas da mão de cada um uma espécie de selo redondo, azul-rei para Safira e verde-bandeira para Esmeralda.

— As cores me ajudam a lembrar dos apelidos.

— Quem está aí?

— Água-Marinha e Turmalina. Não posso dizer os nomes. Talvez você conheça, mas finja que não, a não ser que eles tomem a iniciativa. E também a Ágata, que eu nunca vi mais feia, mas veio recomendada.

Deram a volta na casa, diretamente para os fundos, onde uma espécie de festinha os aguardava. Vários marmanjos, cerca de uns doze ou treze, de calções e bermudas a maioria, alguns sem camisa. Iam de 15 a 30 anos, quase todos mulatos das mais variadas tonalidades, mas também pretos e brancos, inclusive um louro sarará. Um ou outro não tinha alguns dentes em seu sorriso. Tomavam cerveja e conversavam, sentados em bancos ou mesmo numa espécie de muro baixo. Um rádio tocava os grandes sucessos de Clara Nunes. O pequeno grupo assistia a dois jogadores numa mesa de sinuca. O Magro os viu como um grupo de minotauros, cabeças animalescas e mal-acabadas em corpos magníficos de trabalhadores braçais. Dois dos clientes estavam numa mesinha. Um era bem grisalho. Muito bem-vestidos. O terceiro, sozinho, era careca e se vestia de modo bem mais informal.

O olhar do Gordo brilhou.

— Uau! Água-Marinha é o gerente-geral do meu banco; e Turmalina, o Serginho d'Alençon, *habitué* de todas as colunas sociais do eixo Rio-São Paulo. Mas quem será a tal da Ágata?

As duas granfas não moveram um músculo. Foi mais prudente Safira e Água-Marinha não se cumprimentarem. O olhar guloso do Magro não saía dos bagos expostos de um dos minotauros, de bermuda larga sem cueca, sentado de pernas abertas. Pareciam *marrons-glacés* tamanho família. Tio Gilson os acomodou em outra mesinha, mandou o cambono trazer duas bebidas e sentou-se.

— Pra quem é a primeira vez, a coisa funciona assim. Você escolhe o garoto, fala comigo, eu dou as dicas e mando chamar. Podem se retirar lá para dentro, tem uns cinco quartos. É só escolher. Na saída, deixa uma contribuição. Safira já deve ter te passado a tabela.

— Claro — balbuciou o Magro, pensando na quantia bem salgada a ser esbanjada nessa época de vacas magras.

— Três coisas não pode fazer. Primeiro: dar dinheiro diretamente pro bofe. Segundo: dar o telefone e querer marcar encontro fora daqui. Essa é pra sua própria segurança. Terceiro: querer forçar o garoto a fazer o que não quer. Por isso tem de falar comigo antes, pra eu dar as dicas. Tem uns que são mais liberais que outros, você está me entendendo...

Deu uma gargalhada debochada. Apontou discretamente para o louro sarará.

— Aquele ali, por exemplo, o Eneias. É completo. Tem as quatro estrelas: come, dá, chupa e beija na boca. Já o do lado, o Perseu, tem só duas: não gosta de chupar nem beijar.

A certa distância, dois homens musculosos conversavam de modo cordial, um acendendo com o seu o cigarro do outro. Certo ar de paganismo dominava o ambiente.

"Magnífico! Parece um desenho do Tom da Finlândia! O Minotauro e o Gladiador", filosofou o Magro com seus botões.

— Posso comprá-los pra você, se me pedir de joelhos... — ricocheteou o Gordo.

— Que maldade, Safira... É a primeira vez dela. Quer que eu conte a sua, quer?

— Se fizer, eu abro um buraco no chão e desapareço! *Please...*

— Não pense que eu esqueci, não. Vexame, meu Pai do Céu... Mas o melhor pra nossa Esmeralda acho que é o Baixinho — decidiu Tio Gilson, apontando um rapaz moreno, de braços cruzados, calado, meio longe dos outros. — É a primeira vez dele também. Olha, é muito bem-dotado e tem três estrelas. Só não solta a rabiola — cochichou de modo quase inaudível.

O Gordo esticou as orelhas, mas não pescou nada. Sem perceber, quase derrubou um copo. A um sinal do Tio, Baixinho se aproximou com andar de malandro. Parecia misturado com indígena, os olhos meio puxados. Camiseta sem mangas, tatuagem nos braços e ombros.

— Minha amiga Esmeralda quer fazer um programa com você. Vai com ela lá pra dentro.

Baixinho concordou com um aceno de cabeça. O Magro titubeou, paralisado de medo e de desejo. "Assim sem nem uma conversinha? Como uma puta?" Lembrou-se então que estava num puteiro. Um silêncio desagradável se impôs.

— Vai logo, mulher — agrediu o Gordo.

O Magro teve ímpetos de cuspir-lhe na cara ("Cachorra!", rangeu entredentes), mas, de repente, levantou-se e seguiu com o exótico minotauro em direção à casa.

— E você, bela Safira?
— Na mesma. Ele passou por aqui?
— Não. Já te expliquei que o Jura não vem mais. Voltou praquele velho grande amor da Avenida Atlântica.
— Maldita! O que é que essa bicha tem que eu não tenho?!
— Um apartamento na Avenida Atlântica, querida.

O rosto do Gordo se transformou numa máscara de sofrimento e suor. Parecia a mãe de *Rocco e seus irmãos*.

— Eu, se fosse você, escolhia outro pra se divertir.
— Vou tentar me animar.
— Vê se dá uma dançadinha. Relaxa...

Tio Gilson foi para a mesa das granfas discutir a transação dos rapazes. Alguns foram chamados e devolvidos ao grupo. D'Alençon finalmente aceitou um e saiu dançando de rosto colado. O Gordo pensou no belo Jurandir, negão pra ninguém botar defeito. O careca continuava na sua, parecia *voyeur*. Tudo na mais perfeita ordem.

Foi então que aconteceu.

Dali a muito tempo, quando os sobreviventes desse dia o recordarem (o que acontecerá com frequência quase cotidiana), os acontecimentos ressurgirão cheios de detalhes. Mas, na realidade, tudo se passou naquele ritmo vertiginoso que transforma minutos em segundos, e vice-versa.

Tio Gilson e o Gordo viram quase ao mesmo tempo. Um grupo de homens fortes, seis ou sete, com máscaras ninja e armados, inclusive com uma metralhadora portátil, anunciaram o assalto com um tiro pro alto.

De repente, o careca, a tal de Ágata, que estava desde o início sentado na sua, puxou um revólver do bolso e juntou-se ao bando. Logo renderam todo mundo: minotauros, clientes, empregados e dono. Tio Gilson foi trazido pelos cabelos, de joelhos, até o Careca.

— Queremos o ouro!

— Num tem ouro, não senhor.

— Onde é que tá o cofre?

— Num tem cofre, não senhor.

— Sai dessa, bichona. Sei que tu é cheio do ouro, veado! E o bicheiro que banca esta porra aqui? Não molha o teu bico, não?

— Num sei do que o senhor está falando...

Careca deu-lhe um socão na cara. Tio Gilson caiu pra frente, e logo um ninja lhe deu um pontapé nas costas, que fez o barulho surdo de uma coisa oca. Foi levantado com brutalidade e arrastado pra dentro. Depois de procurarem aposento por aposento, não se achou cofre nenhum nem dinheiro que valesse a pena. Entraram numa de barbarizar. Quebraram seus dedos numa gaveta, obrigaram a beber mijo. Depois o mataram com um tiro na cabeça.

Tudo isso em menos de meia hora.

Careca mandou chamar três minotauros bem fortes, trouxe os carros dos clientes, mais os dois do bando, e mandou carregar com tudo de valor que havia na casa. Não sobrou praticamente nada. Só a imagem de Maria Padilha, com uma expressão irônica e debochada, cercada de grandes rosas vermelhas e velas pretas e vermelhas.

Esticaram umas fileiras na mesa da sala.

No pátio, o clima era de apreensão. Os três clientes, depois de devidamente depenados, estavam como os minotauros, sentados no chão, cabeça baixa entre as pernas, como nas penitenciárias. Ouviam ofensas e gracinhas dos quatro ninjas que os vigiavam. Estavam nervosos com os gritos e os gemidos que vinham de dentro da casa. O tiro foi como uma gota d'água. Os ninjas, sob o efeito da cocaína, ficaram cada vez mais excitados.

— Ei, você aí! — apontaram para um moreninho.

O rapaz se levantou.

— Quer dizer então que aqui todo mundo é boiola?

O moreninho deu um sorriso amarelo.

— Como é que é, perdeu a voz?

Um deles engatilhou a metralhadora.

— Responde, anda: "É, sim senhor".

— É, sim senhor...

— Então quero ver muita putaria!

Um murmúrio de protesto se fez ouvir.

— Que é que tão esperando, cambada? Todo mundo nu!

O ninja deu outro tiro pro ar. A maioria dos minotauros logo se libertou da bermuda e do calção. Outros, como Safira, Água-Marinha e Turmalina, que usavam sapato e meia, demoraram mais. Minutos depois, estavam todos completamente despidos. Estranha Via Ápia em local tão improvável.

— Quero ver beijinho na boca!

Debaixo da ameaça das armas, formaram-se duplas espontâneas, que se beijaram, algumas constrangidas, de boca fechada. O Gordo adorou.

— Agora cada um patolando o pau do outro.

Dessa vez a adesão não foi assim tão fácil. Alguns minotauros reclamaram. Um levou uma coronhada no ombro. A sacanagem continuou até a maioria ficar de caceta dura. O Gordo obedeceu, feliz, sem pensar em maiores consequências.

— Agora é no boquete.

Mais da metade dos minotauros se recusou, iniciando uma discussão muito violenta com os ninjas. Safira, Água-Marinha e Turmalina aproveitaram pra dar uma boa abocanhada. Nesse exato momento, Careca, que estava ausente supervisionando o carregamento dos carros, entrou no pátio, irritado.

— Vamos acabar com essa porra e pular fora.
— Faz o que com essa gente?
— Passa eles. Passa todo mundo.

Uma saraivada de balas derrubou os reféns. Logo depois, os assassinos saíram apressados. Mais dois tiros, e depois o barulho dos carros partindo. Um monte de corpos ficou estendido no pátio, nus, uns por cima dos outros. No portão, com um tiro na testa, dois dos minotauros que ajudavam a carregar. O terceiro correu, quebrou a perna numa vala e ficou caído na beira da estrada. Ainda tentaram atropelar, mas não deu.

Ao ouvir o primeiro tiro e sentir um ardor horroroso no pé, o Gordo atirou-se no chão e fingiu de morto. Assim que outros corpos caíram, escondeu-se atrás de um deles e lá ficou. Depois que os carros se afastaram, levantou-se, cuidadoso. Viu que D'Alençon e o minotauro Eneias também tinham escapado e já se vestiam. Por causa do ferimento do pé, vestiu calça e camisa com certa dificuldade. Só então, desde que tudo começara, pensou pela primeira vez no Magro e no que poderia ter acontecido a ele.

Súbito, os sobreviventes deram de cara com um menino de uns 10 anos, que os observava em silêncio, e, ao ser descoberto, correu pra fora do portão.

— É melhor a gente pirar daqui.
— Daqui pouco pinta a polícia.

Dito e feito. Ao longe já se ouvia a sirene. Conseguiram chegar ao portão e ultrapassar os curiosos que já se amontoavam, poucos minutos antes da chegada de dois camburões e uma assistência. D'Alençon resolveu ficar observando na varanda do bar, o Gordo e Eneias se afastaram.

— Como tá o pé do senhor?
— Doendo muito. Aqui não tem farmácia?
— É longe.
— Como é que eu vou sair daqui, meu Deus do céu?
— Se o senhor quiser, pode esperar na minha casa até passar a confusão. É aqui perto.

Claro que ele quis. Eneias morava com a irmã e o marido dela, mas não tinha ninguém em casa. O Gordo lavou o pé, fez curativo, telefonou pra casa, tomou cafezinho e ainda transou com o rapaz. Barba, cabelo e bigode. Apesar dos pesares, pode-se dizer que teve um final feliz.

No dia seguinte, cada qual a seu modo, os jornais cariocas comentaram o acontecimento:

Chacina no antro de depravados
Doze mortos e cinco feridos. – Invertidos fuzilados em pleno ato sexual. – Mais dois corpos fora do portão. – Casa era local de encontros. – Residência saqueada.

Dez mortos e um ferido em Xerém
Festa de embalo. – Chegaram os justiceiros. – Entrevista exclusiva com o único sobrevivente. – "Era a casa do diabo", afirma a vizinhança. – Lei do silêncio.

Pai de santo morto em chacina
Quinze fuzilados em Xerém. – Babalorixá era famoso na Zona Sul. – Delegado afirma ser latrocínio. – Suspeita a quadrilha de Careca e Ratinho.

Vocês devem estar se perguntando: "Mas e o Magro e o Baixinho? Sumiram?!".

Vamos lá.

Os dois já estavam na cama em pleno roça-roça quando ouviram o primeiro tiro. Percebendo a situação, vestiram a roupa, apressados, escapuliram pela janela lateral, escondendo-se no jardim. Ouviram, apavorados, tudo o que fizeram com Tio Gilson e pularam o muro dos fundos antes do massacre final. Telefonaram pra polícia do primeiro orelhão.

Ficaram vagando sem rumo. Baixinho levou o Magro pro alto de um morrinho próximo. Ao escutar o tiroteio, este choramingou pensando na morte do amigo. O Gordo era meio implicante, mas se conheciam havia quase dez anos. Baixinho, que estava cheio de tesão, meio sem jeito, tentou consolá-lo botando o braço no seu ombro. Quando os camburões chegaram, o Magro tava dando o rabo, de quatro no meio do mato, pensado no coito das ninfas e dos sátiros nas encostas do monte Olimpo. Por isso não viu a saída do Gordo, vivinho da silva, apenas mancando um pouco, como um Baco depois da orgia.

Incorrigivelmente romântico, pensou ter encontrado o amor de sua vida e deu seu telefone ao Baixinho, antes de ir com ele ao ponto do ônibus. Durante mês e meio teve alguns momentos extremos de prazer e alegria, entremeados com outros, bem mais numerosos, de aborrecimento e baixaria. Sobreviveu a chantagem emocional, ponta de faca e escândalo na portaria do edifício.

Quanto ao Gordo, consta que descobriu outra casa dos prazeres em Queimados. No sítio de um guru adepto dos cipós alucinógenos da Floresta Amazônica. Foi uma vez, adorou. E, como a vida burguesa é muito monótona, vai voltar. Convidou o Magro, mas este só pode ir na semana que vem.

TEMPORADA DE CAÇA

Nabokov tinha razão. O verdadeiro libertino é capaz de reconhecer, numa inocente turma de crianças saindo da escola, aquela capaz de provocar conscientemente paixões avassaladoras nos adultos. As vítimas algozes. Um arreganhar de narinas, um empinar de bundinha, um olhar sorrateiro, um arfar característico – são vários os sintomas dessa capacidade que se desenvolve como algo irreversível, necessitando de exame, diagnóstico e tratamento.

Rogério, 18 anos, branco, corpo de atleta e alma de passarinho, egresso de um orfanato, não se interessava por nada, a não ser futebol. Mesmo assim, foi driblado sem perceber, caindo como um patinho na teia de Zizinho, 13 anos, o mais jovem rebento do poderoso clã dos Chaves, conhecido por todos no Bosque do Lenheiro, nos arrabaldes de Piracicaba, São Paulo, como Chavinha de Cadeia.

Todas as tardes de domingo, na clássica pelada dos clubes de várzea (Catatumba × Expressinho), Zizinho estava lá assistindo, solitário ou com um ou dois de seus truculentos irmãos. Ficou fascinado com o porte de Rogério, fazedor de gols, de quem não tirou mais os olhos, como uma devassa da Roma Antiga em filme italiano observando a luta dos gladiadores no Coliseu. O *expert* logo detectaria a manifestação precoce de um lolito. Mas, como já afirmamos acima, Rogério tinha alma de passarinho. E logo de pardal, que não é lá dos mais inteligentes.

De certo momento em diante, o garoto passou a segui-lo a uma distância de poucos metros, como uma sombra em miniatura. Na rua, na venda, em todo lugar. Até mesmo no trabalho (era faxineiro no orfanato onde crescera e morava na ala dos empregados). Bastava olhar pra trás que lá estava ele, os olhos fixos, sem dizer palavra. Cidade pequena, inferno grande. Começou a fofoca.

No terceiro dia, Rogério não se conteve:

— Orra, meu, vai colá?! Vê se passa fora, vai...

O mini nem respondeu, deu um sorrisinho sedutor, piscou o olho e recuou um passo. E tudo continuou como antes. No sétimo dia, domingo, depois do futebol, os jogadores foram tomar banho de rio pra refrescar. Rogério se afastou um pouco para dar uma nadada completamente despido. Meia hora depois, ao sair da água, viu que Zizinho tinha se apossado do seu calção, do tênis e da camiseta.

— Devolve que tô morrendo de frio.

— Tu vai ser meu pro resto da vida!

— Como é que é?!

— Isso mesmo que você ouviu.

Nu em pelo, Rogério saiu do rio e avançou para pegar seus pertences. Zizinho não ofereceu resistência, deixando tudo cair no chão, aos seus pés. Quando o rapaz já se levantava com as coisas na mão, o menino tascou-lhe um beijo na boca, enlaçando-lhe o pescoço com os braços e não largando mais. Assustado, Rogério se desvencilhou, mas não pôde impedir uma ereção. Zizinho parecia possuído.

— Vem comigo, vem.

Ergueu a mãozinha aflita para patolá-lo. Foi repelido com um socão no meio dos peitos e caiu sentado na areia. Num acesso de fúria, agarrou-se com Rogério e começou a berrar por socorro.

Quando as pessoas chegaram, o que se viu foi um homenzarrão nu agarrado a um menino franzino de camisa rasgada, que gritava por socorro. A porrada comeu solta, comandada pelos irmãos Chaves. Zizinho, caído e calado, com o olhar afogueado de um possuído por mil demônios, assistiu impávido ao massacre do seu objeto do desejo.

*****

Rogério escapou por pouco do linchamento, salvo pela intervenção do próprio delegado, que era o juiz da pelada. Sem família e sem dinheiro, foi preso, julgado e condenado a três anos de detenção no Carandiru, por "atentado violento ao pudor contra vulnerável". Ou coisa que o valha.

A transferência da delegacia de Piracicaba para o presídio da capital selou seu destino. Como sabemos todos, o castigo do estuprador na prisão é ser sodomizado pelos outros presos. Apesar do seu físico avantajado e de tentar resistir, ele não foi poupado e já na primeira noite serviu de pasto às bestas-feras comandadas por Nino Porteño, vulgo Jardineiro, o xerife do pavilhão.

Tatuaram entre as bochechas da sua branquíssima bunda, em torno do róseo oritimbó, nas cores vermelha e azul, uma rosa cujas pétalas envolviam completamente o orifício. Rosa excretora de perfumes nefandos, rosa do diabo. Mas também rosa receptiva, de veludo macio. Durante o tempo em que cumpriu pena foi apelidado de Rosinha, tendo a dita-cuja continuamente despetalada por Deus e todo mundo. Rendeu um bom dinheiro para o Jardineiro, que o alugava para os outros detentos. O mesmo se dava com os dois outros estupradores do pedaço: Palhares, vulgo Margarida, que não poupou nem a cunhada; e o Pelé de Vila Matilde, atual Violeta, um negão mal-encarado de 2 metros de altura, que barbarizou duas adolescentes indefesas num ponto de ônibus. Eram "mulheres de cadeia", saciando os instintos da moçada, lavando a roupa do "protetor" e limpando sua cela.

No banho de sol coletivo pontificava o Fuinha, carioca, ex--gigolô, condenado a dezenove anos por latrocínio, que ensinava como sobreviver na viração, caso conseguissem sair dali algum dia.

— Tem de contar sempre uma história bem triste, da mãe doente ou do filhinho pequeno. Veado velho tem coração mole. Deve ser o instinto maternal — debochava. — Se souber chorar, então, o otário tá no papo. Aí, dentro do apê do cidadão, dá pra fazer o levantamento do material, se vale a pena e tal e coisa. Tem sempre um atravessador interessado em eletrodoméstico. Fora a gaita. E essa gente tem sempre umas roupa maneira... Primeira regra: tem de matar, que maricona merece morrer. Regra dois: a melhor hora de atacar é quando ele vai no banheiro e te deixa sozinho. Regra três: evitar usar faca ou arma de fogo. Faca porque tem de dar muitos golpes, e a vítima pode reagir. Berro porque faz barulho. O ideal é estrangulamento: limpo, silencioso, rápido e infalível. Pode ser com fio, cinto ou almofada. Com as própria mão, jamé. E atenção na saída. Todo cuidado é pouco. De cabeça erguida que é pra não dar na vista. Logo antes do sol sair, quando os porteiro da noite e os segurança tão caindo de sono.

— E como rapá do edifício levando o ganho?!?

E a aula continuava, em capítulos diários de meia hora. Fuinha ensinou a dar nó de marinheiro, laço em barbante, sufocar com travesseiro e outros truques.

— Não pode beijar na boca. Homem que é homem, se preciso for, dá até o rabo, mas não beija outro cara na boca. Fica desmoralizado.

Ao sair da cadeia, Rogério podia estar arrombado, mas nem por isso se considerava homossexual. Pelo contrário, passara a ter ódio dessa gente, principalmente de bicha pintosa. Só de pensar em Zizinho, vinham acessos de vômito. Tinha 22 anos e muita raiva acumulada. Não conseguia esquecer a rosa que trazia no rabo, que volta e meia farfalhava por vontade própria, tomando conta da sua personalidade e o levando a soltar a franga no mercado da carne humana de Ubatuba, onde se radicou por uns tempos. Depois ficava arrasado, cheio de culpa. Pensou até em se matar. Um dia, foi como se um diabinho sussurrasse no seu ouvido: "Em vez de destruir a si próprio, por que não exterminar esses anormais?". Vingança! Vingança! Vingança! O blá-blá-blá do Fuinha ia servir para alguma coisa prática.

Começou nessa mesma noite. Foi "pego" por um professor de Geografia, gordinho, de óculos, cerca de 36 anos, perto da rodoviária. No carro dele, foram para um motel no município vizinho. Quando lhe exibiu a rosinha, de quatro, fingindo procurar uma chave pelo chão, o cara (que até então estava seguro de que seria comido) ficou doidão de tanto tesão. Rogério o enforcou com um fio de náilon durante o ato, levantando as mãos para trás num delírio sensual. Sorriu friamente ao ver o olhar espantado da vítima estrebuchando, refletido várias vezes nos espelhos do teto e das paredes do quarto. Ao morrer, o gordo soltou sangue pelo nariz, que lhe molhou as costas. Para se limpar, tomou um banho quente e demorado. Pegou toda a grana do morto (140 reais mais umas moedas), esperou amanhecer e escapuliu.

Três semanas depois, estava coçando o saco numa esquina quando percebeu um par de olhos queimando a sua pele. Era o farmacêutico, coroa de uns 50 anos. Trocaram palavras rápidas, e, menos de uma hora depois, o sujeito morria sufocado por um travesseiro, na própria casa, enquanto a esposa e o filho se divertiam no cinema. Rogério levou 763 reais mais uma secretária eletrônica, um rádio portátil com CD-player e um par de óculos de grife.

O crime causou bochicho na cidade, pouco acostumada a esse tipo de acontecimento. O farmacêutico era conhecido de todo mundo. Uma vizinha deu depoimento e descreveu o suspeito. Era Rogério sem tirar nem pôr. E não faltou quem ligasse essa morte à do professor de Geografia, acontecida no mês anterior. Por medida de segurança, fugiu pra São Paulo. Na rodoviária da capital, raspou a cabeça e o bigode. E trocou de nome. Agora seria Robson.

Na Pauliceia se escondeu numa hospedaria fuleira perto da Estação da Luz. Percorreu toda a via-crúcis do michê (Trianon, República, Largo do Paissandu, além das saunas) deixando um rastro de sangue. Trajano de tal, 60 anos, dito Michel Archambeau, radialista, esticou as canelas no seu apartamento no edifício Copan. Não tinha nada, só um computador velho. Por ser muito pesado para levar, Robson o destruiu aos pontapés, chamando a atenção dos vizinhos, o que poderia ter sido fatal. Luís Antônio Kobayashi, 28, teve orgasmos contínuos na bela rosinha. Tentou resistir, e foi necessário usar violência. O cara se cagou todo na hora de morrer. Foi num hotel e rendeu duzentinho e um óculos de grife.

— Eu sou o Robson de Piracicaba! — esbravejou contra o céu, na esquina da Nestor Pestana, dando murros no peito, como um super-herói de quadrinhos.

A situação pesou, pois o sistema de segurança do hotel filmara sua entrada, meio desfocada, mas suficientemente clara para que tivesse um frio na espinha ao assistir ao telejornal da noite na lanchonete de costume. Entrava o verão paulistano, esquentando o concreto dos edifícios. Insuportável. Na hospedaria, Robson conheceu Jurandir, um preto bonito que o aconselhou a ir pro Rio, cheio de gringos de todos os cantos entre o Natal e o Carnaval. E assim fez ele, vindo cair em pleno Cemitério dos Elefantes, aqueles bancos de pedra defronte do Cine Odeon, onde se revezavam durante 24 horas as velhas bichas tradicionais da Cinelândia, tricotando as novidades. Espertíssimas, nenhuma delas caiu na sua conversa.

— Sou gato escaldado! — ironizou Zefa, 80 anos, que assistiu a todas as revistas da Praça Tiradentes de 1930 em diante, de Araci Cortes a Íris Bruzzi. — É bonitão, mas tem alguma coisa estranha no olhar... Eu, hein, então eu não tenho autocrítica?! Desconfio de qualquer um que venha se insinuando pro meu lado! — decretou, alisando a papada, salpicada pelos fios brancos da barba rala.

Num sábado de sol, no meio da tarde, elas o enfiaram num ônibus em direção à Zona Sul, com os conselhos de "passear bem devagarinho pelos quiosques de Copacabana, ou do outro lado da rua do bar Bofetada, em Ipanema, encarando os gringos bem no fundo dos olhos com olhar de mormaço. E cuidado pra não pegar uma doença, viu?". E assim ele desceu em plena Avenida Atlântica. Seu olhar penetrante percorria os bares da orla como uma panorâmica cinematográfica. Pescou uma maricona argentina de uns 35 anos que, a pretexto de fotografá-lo, o levou a um minúsculo quitinete de temporada numa rua transversal. A coitada mal tirou a camisinha e foi no banheiro se lavar quando foi atacada por trás e enforcada com o próprio cinto. Resultado: 200 dólares, 83 reais, algumas camisas, um rádio, uma máquina fotográfica digital e mais um par de óculos de grife ("Vou acabar abrindo uma ótica", refletiu). Gostou da facilidade com que passou as coisas num brechó próximo e resolveu investir no pedaço.

E ali estava ele pela segunda vez à beira-mar, predador em temporada de caça. Leão faminto à espreita de um veado.

Sentado no banco de madeira, debaixo do para-sol branco de um bar do calçadão, um homem magro bebia com jeito dissimulado. Aparentava idade indefinida, entre 35 e 50 anos, magro, muito branco e meio ossudo. Ao tirar os óculos escuros para enxugar o suor do rosto, seus olhos se cruzaram de repente, e as respectivas correntes elétricas entraram em contato. Um sorriso convidativo tornou tudo mais fácil. O caçador e a vítima se reconheciam à distância.

Não passou na cabeça de Robson que ele também poderia estar sendo escolhido, selecionado como uma presa em potencial. E, se pudesse adivinhar a furada em que estava se metendo, viraria de costas e fugiria espavorido. Mas, como isso não aconteceu, retribuiu o sorriso e se aproximou do outro, com olhar gingado e sedutor, sentando ao seu lado.

— *Hello!* — disse com um péssimo sotaque.

— Pode falar português que sou brasileiro igual a você.

— Estava passeando sem fazer nada e...

— Eu sei. De repente morreu de vontade de sentar do meu lado. Acontece nas melhores famílias. Como é teu nome?

— Robson.

— Conta outra.

— Eu juro, é Robson mesmo...

— Então tá. E o meu é Rodolfo Antônio. Messsmo.

Na realidade, Rodolfo Antônio se chamava Mário Lúcio, e sua vida era bem mais agitada do que a aparência poderia sugerir. Nascera em Sabará, Minas Gerais, cidade tradicionalíssima. Único macho entre cinco irmãs, foi destinado pela mãe viúva a ser padre. E foram os padres que cuidaram da sua educação, desde o primário até o seminário.

Desde menino ficou impressionadíssimo com as histórias dos mártires contadas por eles e pela profusão de jovens corpos masculinos seminus submetidos a torturas, sevícias e chicotadas existentes nos catecismos e gravuras religiosas. Lulu, como era conhecido, queria sofrer para ser um bom católico. Um belo dia, diante de uma reprodução do famoso *São Sebastião* de Guido Reni, uniu esse sofrimento ao ideal da beleza. O martírio do legionário romano torturado pelos próprios companheiros, apenas por pensar "diferente", o emocionou de tal modo que teve uma vertigem.

Estávamos no final dos anos 1960, tempo de ruptura e revolução. O seminário não ficou imune ao mundo exterior, que ali entrou através de Frei André, professor de História da Arte, que as más línguas acusavam de subversivo e coisas ainda piores. Numa excursão a Ouro Preto, seus alunos assistiram a uma exibição em praça pública de um grupo de vanguarda americano, que morava lá nessa época, antes de ser expulso do país pela ditadura. A máscara facial dos atores, o modo como usavam o corpo, as vozes impressionantes, tudo isso marcou muito uma minoria de quatro ou cinco, na qual se incluía Mário Lúcio. Conseguiram se enturmar e foram bem recebidos. Em dois dias, comeram cogumelos alucinógenos, fumaram maconha e descobriram o sexo num banho de rio. Frei André foi surpreendido acariciando os cabelos de seus discípulos. Os padres souberam tudo através dos fofoqueiros e das madalenas arrependidas. Interrogaram os suspeitos. Temendo a palmatória e o fogo do inferno, Lulu foi o único a confessar. Resultado: expulsão. O professor, considerado indesejável, foi transferido de cidade.

A despedida de Frei André e seu aluno começou na escadaria da Igreja do Rosário dos Pretos e terminou na plataforma da rodoviária. Proibidos de se encontrar, um pelo prior, outro pela família, ficaram cara a cara, na saída da missa. Com voz embargada, o jovem mestre exortou o adolescente a manter a curiosidade intelectual e a liberdade de pensamento, e a desenvolver o exercício da dúvida. "Deus nos deu o livre-arbítrio." Dito isso, pegou o ônibus e partiu para o Rio.

Aos 17 anos, Lulu descobriu-se maldito. Evitado pelos garotos de sua idade (embora, na teoria, o motivo da expulsão fosse sigiloso, na prática era um segredo de polichinelo, alardeado por toda Sabará), com risadinhas amarelas e piadas de mau gosto. Alguns, quando estavam sozinhos, lhe exibiam os genitais ou faziam propostas. Aterrorizado, recusava todas. Mas no exame médico para o Exército, no meio de tanto homem nu, descobriu quais seriam seu destino e sua opção – unindo assim o sofrimento, a beleza e o prazer. Foi dispensado por excesso de contingente e arranjou um emprego numa agência dos Correios.

Apaixonou-se perdidamente por um colega de trabalho, o Emídio. Quanto martírio! Fizeram sexo duas ou três vezes num espaço de oito meses. Certa tarde, *chez* Cotinha, a bicha velha que reunia todos os sábados a ala liberal dos sabarenses, percebeu como seu sofrimento pessoal se exprimia tão melhor no canto imperfeito de uma Maysa, de uma Núbia Lafayette, de uma Bethânia, do que nas canções inteligentes dos compositores consagrados. A partir daí, foi adquirindo as principais qualidades da subcultura de um gay de província: adesão irrestrita a qualquer novidade no ambiente cultural do país; cinefilia mediana e um conhecimento maniqueísta, embora profundo, da música popular brasileira. E também os defeitos congênitos do personagem: subserviência e humildade em demasia e baixíssima autoestima.

Um belo dia, passou pela cidade o Projeto Pixinguinha, como um furacão que sacudiu o velho Teatro Elisabetano. Encabeçado por Linda Victoria, uma das lendárias Rainhas do Rádio, esse show fundiu a cuca de Lulu, que nunca mais foi o mesmo. Os trejeitos da grande diva – congelada numa idade indefinível por artísticos cirurgiões de primeira linha –, interpretando xotes, maracatus, baiões, sambas e bossas novas e velhas, desde a ponta do dedinho do pé até o último fio de cabelo, transportaram-no a um mundo de surpreendentes possibilidades individuais. Assistiu aos cinco espetáculos. No último, não se conteve e foi no camarim, onde, com voz embargada, caiu aos pés da cantora, sem a menor noção do ridículo.

— Minha deusa adorada, me leva desta terra desgraçada!

Ela, com seu olhar enigmático de esfinge, demorou dois ou três segundos para responder. Desde o apogeu da Rádio Nacional, quase meio século atrás, não ouvia um pedido tão desesperado. Isso de certa forma a rejuvenesceu, confirmando que ainda era estrela e majestade. Botou a mão cravejada de joias-fantasia no ombro do novo súdito.

-- Como é seu nome, rapaz?

— Mário Lúcio. — E, depois de uma pausa envergonhada: — Mas pode me chamar de Lulu.

— Muito bem, Lulu. Gostou do espetáculo?

Ele beijou a mão da deusa com lágrimas nos olhos.

— Eu queria tanto trabalhar pra senhora no Rio de Janeiro!

Victoria abriu um sorriso, como se estivesse num estádio com 5 mil espectadores, debaixo de enormes holofotes.

— Para isso é preciso primeiro estar lá, *amore mio*.

— Quer dizer então… se eu for… a senhora…

Recebeu como resposta uma gargalhada evasiva. Em seguida, ela sapecou-lhe na testa o beijo mais estalado de sua carnuda boca cor de sangue, que ficou impressa na testa dele como uma tatuagem. Dispensando-o com um gesto estudado, Linda Victoria dedicou o resto do seu tempo a assinar autógrafos para outros admiradores.

Lulu ficou fora do ar depois do beijo divinal. Quando deu por si, todos já tinham se retirado, e uma camareira varria o chão. Correu para a porta do teatro e ainda pegou a estrela entrando num carro da produção. Furou o cerco das pessoas e jogou-se contra o vidro fechado, atrás do qual a eterna deusa soltava decorativas baforadas de cigarro pelas narinas. Bateu três pancadinhas com a mão fechada. Tarde demais. O carro partia. Teve a leve impressão de tê-la visto mandar-lhe um beijo. Tropeçou e caiu, machucando o joelho. Nada de grave.

Mas ficou com aquela ideia fixa: Rio de Janeiro.

Economizou cada centavo, e, dois meses e meio depois, na calada da madrugada, embarcou num ônibus da Viação Cometa em direção à Cidade Maravilhosa. Não se despediu de ninguém, deixou apenas um bilhete para mãe, que terminava assim: *Vou ser feliz que aqui não dá. Peço a bênção. Do filho que te adora. Lulu.* Hospedou-se num hotel do Catete e já na primeira noite refletiu como sobreviveria quando seu pouco dinheiro acabasse, o que aconteceria em menos de uma semana. Decidiu procurar Linda Victoria no Teatro Rival, onde se exibia naquele final de semana, e implorar ajuda. Isso foi numa quarta-feira. Na quinta, ele compareceu ao teatro duas horas antes da sessão. Chovia a cântaros. Daquelas chuvas cariocas que em minutos inundam tudo. A bilheteira não podia garantir a que horas a artista ia chegar nem se haveria espetáculo. Encharcado até os ossos, a camisa grudada no corpo, Lulu sentou na pequena escada que dá acesso à entrada dos artistas.

Lembrou como seria terrível voltar pra terra natal de mãos abanando e virar motivo de chacota nos botequins e biroscas. Decidiu ficar de qualquer jeito. Lá pelas tantas, parou um automóvel de luxo, daqueles que foram moda nos anos 1950, e dele desceram Linda e sua secretária portuguesa, Maria João. Lulu, molhado como um pinto, não se conteve.

— Minha Linda, lembra de mim, lá de Sabará?

— Claro, claro — disse ela, sem ter a menor ideia de quem se tratava.

— Eu vim. Agora a senhora precisa me ajudar! Queria tanto trabalhar pra senhora... Ser seu secretário. Seu escravo.

Linda se lembrou de tudo num relance ("Que louco!", refletiu, "ele veio mesmo!"), e, reparando que entre as pessoas que assistiam à cena estava um notório informante de colunas sociais, abraçou Lulu e falou, com voz grave e arfante:

— E por que já não é, meu encanto?! Maria está mesmo sobrecarregada, não é, querida?

A portuguesa não entendeu nada, mas fez um sinal afirmativo. Na verdade, a agenda de Linda Victoria havia muito não era mais tão solicitada, fora para espetáculos pagos pela Funarte ou órgãos municipais das cidades de médio porte do interior. (A temporada atual era relâmpago, para cobrir a ausência, por doença, de outra veterana.) Lulu tornou-se leva e traz de fotos para redações de jornais e revistas, responsável por fazer pagamentos em bancos, encarregado de cuidar da infraestrutura pessoal da melodiosa criatura (maquiagem, água mineral e cafezinho) durante as eventuais apresentações. A bichinha da hora, prestativa, simpática, insegura. Ganhava uma miséria, mal dava pro aluguel. Mas podia comer de graça na casa da sua protetora sempre que precisasse, o que, desde o início, significou um dia, sim, outro, também.

Essa situação durou quase um ano. Teve um amante, que nem vale a pena citar, e algumas aventuras com desconhecidos. Um deles foi um ex-marinheiro chamado Ubirajara, mestre na velha arte oriental da tatuagem. Num ato impensado, deixou imprimir no próprio pênis, em quatro cores, um beija-flor batendo asas, o bico apontado para a glande. Doeu muito, mas fazia grande sucesso. Passou a usar o cabelo picotado sobre o rosto pálido, onde se destacavam as olheiras. E roupas discretas, calças e *t-shirts* pretas, variações masculinas do "pretinho básico" de Coco Chanel.

Numa dessas andanças nos corredores de uma rádio educativa e cultural, de repente uma voz conhecida...

— Mário Lúcio!

Virou-se, assustado de emoção.

— Frei André!

— Deixei a igreja, Mário. Agora sou simplesmente André.

Beberam vários cafezinhos para atualizar a conversa desde que tinham se visto pela última vez. Depois de expulso de Sabará, André descobrira que não tinha mais a vocação exigida pelo sacerdócio. Trabalhava agora numa associação de assistência a favelados e tinha um programa semanal na rádio, onde defendia suas opiniões e dava voz às comunidades carentes.

Lulu, como sabemos, tinha pouco para contar, o que fez em menos de um minuto. Envergonhado, percebeu e baixou os olhos em silêncio. Lembrou-se do que o ex-professor recomendara na rodoviária ao partir e de como confundira tudo, deixando que a solidão e a pobreza transformassem seu promissor caminho na atual mediocridade. Mas tinha apenas 20 anos, e era possível mudar. Sentiu a pele queimar sob o olhar ardente do outro.

— Posso te dar uns conselhos pra melhorar de vida? — perguntou André.

— Claro — suspirou o rapaz, como diante de um príncipe encantado.

E, naquele mesmo corredor, sua vida mudou da água pro vinho.

Como toda fada madrinha, Linda, mesmo sabendo-se derrotada de antemão, fez questão de conhecer o tal "amigo" do seu afilhado, e o encontro entre os dois foi como o confronto amigável de dois mundos heterogêneos. Ele, barba alourada, queimado de sol, 30 anos, camisa aberta ao peito, voz vigorosa. Ela, pálida como cera, maquiada como uma pintura egípcia do período faraônico, beirando os 70, roupa negra com joias de lápis-lazúli, a voz rouca e ofegante. O dia contra a noite. Não se gostaram nem se agrediram. Lulu (agora mais do que nunca Mário Lúcio) tornou-se livre, como por uma bondosa decisão da diva.

André "salvou" Lulu para a sociedade, impedindo que estagnasse como mais uma bichinha do circuito *show business* e impelindo-o para a plenitude de uma vida adulta. Aconselhando-o a voltar a estudar, arranjando um emprego no rádio ou apenas fazendo companhia nas idas ao cinema e ao teatro, o mestre guiou o discípulo com toda a dedicação.

Só quando esse trabalho de reeducação já estava bem adiantado, com Mário aprovado no vestibular de Direito, concretizou-se o que os dois já tinham percebido inevitável: apaixonaram-se e foram pra cama. Mário se espantou ao ver aquele homão também querendo se fazer de mulher, mas não se fez de rogado. Seu beija-flor serviu-se mais de uma vez, até o romper do dia. Findo o embate, André acendeu um cigarro, alisando com a mão enorme as cicatrizes que tinha na barriga, adquiridas numa sessão de tortura nas garras dos órgãos de segurança, quando ainda era dominicano. Refletia no ato que acabava de praticar, condenado tanto pela Igreja, quanto pela militância de esquerda. Não havia culpa nem arrependimento, apenas reflexão.

— Entendeu agora por que eu não podia mais ser padre?

O outro deu um sorrisinho enigmático de gueixa e baixou os olhos.

Foram morar juntos. E assim se passaram dez anos, como no bolero da Emilinha. Talvez até mais. Findos os quais emergiu uma rara e respeitabilíssima entidade de duas cabeças intitulada "o casal gay de respeito". De fato, o doutor Mário Lúcio e o professor André eram bem-vindos em (quase) todos os ambientes de Frívola City, da Pauliceia Desvairada e até do Planalto Central. Dos verdadeiros salões tradicionais grã-finos às megafestas modernosas com suas implacáveis *promoters*, passando pelos bares e pelas reuniões da esquerda natureba e boêmia de Santa Teresa e Laranjeiras, fora os escritórios e restaurantes de luxo dos jovens políticos, investidores e jornalistas. E faziam por onde: eram educados, divertidos, discretos, informados e progressistas. Um grupo restrito de dez ou doze pessoas selecionadas era encontrado nas suas reuniões das noites de segunda-feira no amplo apartamento que compraram juntos em Copacabana.

Viajaram mundo afora, a trabalho ou passeio. Pois, se André se tornou membro considerado do movimento ecológico Green Nature, Mário Lúcio se destacou como advogado de artistas famosos, além de defender gratuitamente vítimas de tortura policial. Os dois mantiveram-se católicos praticantes, indo à missa todos os domingos. Fazer o bem sem olhar a quem era o seu lema.

Criaturas quase perfeitas perante a opinião pública, com a mesma frequência e intensidade com que são admiradas, também são invejadas. Ninguém sabe quem foi, mas que foi mau-olhado, isso não resta a menor dúvida. Pois, de repente, toda essa felicidade desmoronou. Primeiro o baque, como uma batida de caminhão. Depois o vácuo, como um paraquedas que não se abrisse.

Voltando de uma premiação de artistas no Teatro Municipal, ainda nem tinha despido seu traje a rigor quando, olhando-se no espelho do banheiro, André percebeu uma manchinha avermelhada no lado direito do rosto, entre a orelha e a sobrancelha. Era pouco maior do que a cabeça de um fósforo e parecia levemente esponjosa. Registrou o fato sem lhe dar importância e não disse nada.

O problema foi que, nas semanas seguintes, não só o diabo da manchinha se transformou em mancha e depois em manchona, como outras surgiram nos ombros e nas pernas. Alarme. Dermatologista. Exame de sangue. Diagnóstico: HIV positivo. Sintoma: sarcoma. Muito choro e desespero. Apavorado, Mário Lúcio também fez o teste. Resultado: positivo. Sem sintomas. Gritos e sussurros. Pano rápido.

O sonho acabara para aqueles dois.

*****

Aqui começa o segundo ato, tão diferente do primeiro que os dois parecem pertencer a obras distintas. A tristeza dos amigos, depois o seu lento e gradual desaparecimento. O constrangimento nos ambientes de trabalho, onde tudo passou a ser pretexto para afastá-los dos melhores projetos. A via-crúcis da medicação: como arranjá-la, ingeri-la, suportar os efeitos colaterais. Fora a certeza dos dias contados.

Foi inevitável um esfriamento na relação. Mário, que se mantivera fiel todos aqueles anos, lamentava agora o tempo perdido, as oportunidades rechaçadas, algumas vindas de homens verdadeiramente interessantes. Que ódio do amante, que, depois de uma conversa terrível, confessou ser *habitué* de casas de massagem e até de banheiros públicos dos bairros populares, galgando os everestes da anatomia masculina. Foi inevitável perceber que aquele que lhe dera tudo agora lhe dava também a morte, como se fosse Deus.

André, por sua vez, morria de culpa por ter prejudicado o companheiro de sua vida, o ex-aluno, o seu amor adorado. Ficaram semanas a fio praticamente sem se falar.

Também no aspecto exterior, a doença se manifestou neles de modo diverso. Enquanto Mário, à custa das medicações importadas de última geração, não apresentava sintomas e levava uma vida quase normal, André definhava dia a dia, emagrecendo de modo assustador, apesar de seguir o mesmo tratamento. Logo deixou de andar, locomovendo-se pela casa com uma cadeira de rodas, e sobrevivendo de traduções.

Aos poucos, a vítima perdoou o algoz, tornando-se enfermeiro. Como nos tempos do colégio de padre, voltaram ao pensamento de Mário Lúcio os tormentos sofridos pelos mártires, suas chagas e feridas. Mas logo, blasfemo, repudiou a religião, o Pai, o Filho, o Espírito Santo e toda a Trindade Sagrada. "Deus não existe ou é mau como uma jararaca", esbravejou, cuspindo no crucifixo mais próximo. Nada justificava punição tão implacável a duas pessoas que nunca fizeram mal a ninguém. Tornou-se seco, pontudo, cheio de arestas. Uma tarde, quando esfregava na banheira com uma esponja o corpo do amante, esquálido qual filhote de passarinho, passou pela sua cabeça um pensamento terrível. Vingança! Vingança! Vingança! Espalhar o vírus para todos, contaminar o mundo que o ferira de maneira tão traiçoeira. Um *serial killer* sexual, eis a questão.

Confessou esse plano a André, que, para surpresa sua, contribuiu com os detalhes mais perversos. No final de alguns dias, ficou estabelecido o roteiro, como num filme ou peça de teatro. Mário faria uma pegação na rua, traria o cara para o apartamento e faria sexo com ele (contaminando-o com o HIV) na frente de André, que da cadeira de rodas, e oculto atrás de uma cortina, filmaria a cena. Tudo seria arquivado para ser assistido posteriormente.

Estrearam com um rapazinho de uns 16 anos, entregador de compras da feira livre da rua ao lado, que sempre lhes dera a maior bola e agora, zás!, já fazia parte do clube dos "encomendados". Saiu com um sorriso feliz pela gorjeta recebida e a total ignorância de ser agora mais um agente da morte. O segundo foi um garoto classe média, arrumadinho, com uniforme do curso colegial, nem dava muita pinta. Na hora H revelou-se um devasso, exibindo sem pudor para a objetiva do fotógrafo uma anatomia privilegiada, com caras e bocas. "Vai, veado, espalhar tua peste mundo afora!", pensaram os dois quase em uníssono, depois que a fogosa matraca finalmente se retirou.

Isso aconteceu numa quinta-feira.

No sábado de tarde, banho tomado, Mário plantou-se num restaurante da orla, à espreita, bebendo um campari-tônica. Como um jacaré na beira de um rio, seus olhos observavam os passantes em busca de uma possível presa. O calor era grande. Exausto, tirou os óculos escuros e enxugou a testa com um guardanapo. Súbito, foi atraído por alguém vindo pela calçada, com o andar malemolente e inevitável do homem que está fazendo o *trottoir*. Achou que era um engano, mas nesse momento os olhares se cruzaram, a campainha bateu, a sirene tocou, revelando ser tarde demais. Era um rapaz forte, de cabeça quase raspada. Enviou-lhe um sorriso convidativo, e ele se aproximou.

— *Hello!* — disse com um péssimo sotaque.

Como já vimos, foi um cauteloso diálogo de chavões.

Três chopes depois, a conversa ficou mais objetiva.

— Agora que já sei da sua vida de trás pra frente e de frente pra trás, que tal fazer um programa em vez de ficar aqui vendo a banda passar?

— Como o senhor quiser.

— Não me chama de senhor que eu não gosto. Chama de você.

Robson sorriu e acenou com a cabeça. O outro prosseguiu:

— Tô te chamando prum programa diferente.

Aproximou sua boca da orelha do rapaz e cochichou qualquer coisa. Este fez um sinal afirmativo com o dedo. Partiram.

O edifício onde morava Mário Lúcio é um daqueles meio *art déco* de Copacabana, mistura dos estilos cubista, marajoara, egípcio e mourisco. Mármore de várias cores, escadas estapafúrdias, luminárias ainda mais, ângulos retos onde a prudência recomendaria a suavidade de uma curva. Loucuras dos anos 1930. O elevador era uma peça de museu e no seu espelho bisotado Robson e Mário se refletiram com o aspecto orgulhoso de caçadores bem-sucedidos, sem saber que nos planos de cada um o outro é que era a caça.

Meia hora depois, a lente *zoom* da câmera de filmar de André, aproximando-se lentamente dos vãos dos corpos suados, enquadrou em detalhe o sensual encontro do impetuoso beija-flor com o receptivo botão de rosa. Espetáculo grandioso de brutal beleza, como um mural de Diego Rivera, a pororoca amazônica ou a cena da abertura do Mar Vermelho do filme *Os dez mandamentos*.

Súbito, a hora do carrasco. Ainda pingando, Robson aproveitou-se de um descuido de Mário e o pegou bem de jeito por detrás, apertando seu pescoço com um fio de náilon. A vítima demorou a morrer, emitindo um ruído estranho, como um apito de trem que começasse muito forte e fosse diminuindo lentamente. Depois que caiu, um soluço baixinho se fez ouvir, vindo não se sabe de onde. O assassino, ainda nu em pelo, lembrou-se então que tinha de agir rápido, antes que a testemunha escapasse e chamasse a polícia. Vasculhou tudo. Atrás de uma cortina, deu de cara com André, a própria figura da morte, olheiras roxas, com a máquina de filmar apontada para ele. Lágrimas escorriam em silêncio de seus olhos desesperados. Esse foi mais fácil de eliminar, abafado com o próprio travesseiro, mas mesmo assim sobraram para Robson uns arranhões no antebraço.

Havia muita coisa boa de levar, e foi preciso fazer uma seleção. Ainda eram três e quarenta da tarde. E se aparecesse alguém? Ficou com os Rolex de ouro maciço, os dólares e os euros, as camisas de seda, a máquina de filmar e dois pares de óculos de grife. Tomou um belo banho, comeu a salada de camarão da geladeira, bebeu uma cerveja e pulou fora.

— Sou Robson, o pirado de Piracicaba! — Bateu no peito, já na rua.

*****

A doença veio galopante. Oito meses depois, nosso Rogério, vulgo Robson, ex-Rosinha do Carandiru, faleceu num hospital público da Zona Norte do Rio, corroído pela maldita. Do ex--atleta sobraram apenas 49 quilos de sofrimento e dor. Escapara vivo do presídio, mas não da vingança de Lulu e André.

Não tendo parentes, amargou uma terrível solidão, só amenizada pelos membros de grupos religiosos que visitam os doentes terminais para lhes dar conforto. Um deles, vejam a coincidência, era um sacerdote católico, amigo de Mário e André. A ele, na hora da morte e sem saber desse detalhe, o moribundo confessou todos os assassinatos que cometeu no decorrer de sua vida curta e desgraçada.

Só então os crimes do Estrangulador de Gays foram finalmente esclarecidos.

UMA HISTÓRIA SECRETA DE IPANEMA
para João do Rio, *in memoriam*

"Essa eu garanto que nem o Ruy Castro sabe. Nem o Vinicius, o Tom e o Albino Pinheiro jamais ouviram falar!"

Assim pontificava Serginho d'Alençon, um dos derradeiros mitos vivos da lendária Ipanema, enrodilhado no pufe marroquino do seu elegante apartamento, dando baforadas no narguilé favorito. Parecia a lagarta de *Alice no País das Maravilhas*.

A pequena plateia de amigos, sempre assídua para o *fumoir* de sábado à tarde, já se remexia de aflição e curiosidade. Estavam lá Juca Jagger, o inimigo favorito de nove entre dez estrelas do cinema nacional; Fernandinho Cara-de-Mulher, conhecido investidor da Bolsa de Valores; a implacável rainha do *gossip* Edelweiss Devilish; a veneranda condessa italiana Eleonora Torlato-Favrini, aproveitando as férias no Rio para mais uma visitinha ao cirurgião plástico; e Leopoldino del Rego, o árbitro da elegância, seguido por três satélites de deslumbrante beleza, um de cada sexo.

Ao fundo, bem baixinho, o violino indiano de Subramanian se alternava com o canto meio diagonal de Johnny Alf e Bola de Nieve. Incenso: *Night Queen* (dama-da-noite), que proporciona magnetismo pessoal e opulência. Bebidas: Campari, Curaçao Blue e vinho branco.

— Conta! Conta! Pelo amor de Deus! — implorava Cara-de-Mulher.

— Prometo não publicar na minha coluna, silvou Edelweiss, a criatura mais temida do Hemisfério Sul depois do tubarão-branco e da onça-pintada.

O anfitrião soltou uma gostosa e sonora gargalhada, com *scats* de dar inveja à própria Sarah Vaughan e entrelinhas que variavam do irônico ao debochado.

— Já que todos insistem...

— *Avanti!* — bradou a condessa, sempre impaciente.

— Os metecos que me perdoem, mas uma coisa é ter usufruído de Ipanema como adulto vindo de um lugar distante. Outra bem diferente é ter crescido aqui e percebido a mudança desde a raiz. Tudo o que vou contar agora se passou aqui mesmo nesta rua, muitos anos atrás, antes da Revolução dos Costumes, da qual, aliás, é um dos sintomas. Como uma febre. Numa turma de adolescentes que se reunia toda tarde no murinho ali da esquina...

"Os rapazes eram oito, todos interessantes. Tinham como modelo atores europeus da *Nouvelle Vague*: Alain Delon, o belo desamparado, e Jean-Paul Belmondo, o feio irresistível. Lançavam moda, com calças feitas sob medida, camisas de cores ainda proibidas para o sexo forte, sapatos de salto de madeira, ecoando nas calçadas de madrugada. Iam dos 16 aos 21 anos. A maioria morava com suas famílias nas 'ruas de baixo', como se chamava então a região entre a Barão da Torre e a Lagoa.

"Barão era o mais velho. Tipo intelectual, existencialista, óculos escuros, cabelo encaracolado. Depois dele vinham Miudinho, filho de judeus marroquinos, 2 metros de corpo atlético e bronzeado, tido como burríssimo, e os irmãos Petruchio, filhos de um dentista famoso. Eram Fernão e Lilico, o primeiro conhecido como o 'bom' Petruchio, e o segundo como o "mau". Aquele pintava quadros surrealistas, enquanto este roubava os carros dos vizinhos para passear e os devolvia intactos no final da madrugada. Tinha ainda o Armandinho Duque, filho de um ex-cônsul do governo republicano espanhol, sósia do ator Jean Sorel, um verdadeiro galã. Era moreno, com olhos azuis tipo bola de gude e, quando usava sua camisa Pierre Cardin azul-piscina, causava ótima impressão. Seu oposto era o Pardal: filho adotivo de dois velhos apenas remediados, meio cafuzo, um vira-lata enturmado entre campeões de *pedigree*. Destacavam-se ainda Dudu, o Doidão, que experimentava novas drogas em si mesmo e nos outros, espécie de cientista maluco, meio infantil, meio louro, meio sedutor, e o Rick, neto de um poeta militante, sempre calmo, que tocava violão, usava óculos de grau e se interessava por política.

"Suas vidas seguiam uma rotina aparente. De manhã, colégio. Depois do almoço, praia. Já naquela época, Ipanema se dividia em trechos com estilo próprio: surfistas no Arpoador, intelectuais e outros liberados na Montenegro, adolescentes enturmados na Joana Angélica, famílias na Maria Quitéria, futebolistas na Aníbal de Mendonça, granfinitos no Country Club, favelados no Canal. Os mais descolados, como Barão e Duque, frequentavam mais de uma turma. Isso, no entanto, era muito raro. A maioria preferia a Joana Angélica. Fim de tarde, encontro no *point* da padaria da Praça da Paz e na lanchonete Chaika. Depois do jantar, cinema no Pax (com seus filmes de Connie Francis, Festival Tom & Jerry e melodramas de luxo como *Os quatro cavaleiros do Apocalipse*) ou programas duplos nos populares Pirajá e Ipanema. Depois um chopinho, uma conversa fiada, e a maioria ia dormir cedo. Nossos oito mosqueteiros ainda fumavam unzinho na pracinha da Sadock de Sá. O perigo era quase nenhum, os caretas ainda não conheciam o cheiro, e a polícia se intimidava com o famoso 'Sabe com quem está falando?', pronunciado pelos pais em caso de necessidade.

"Nos finais de semana, baile nos clubes Caiçaras e Monte Líbano, com música ao vivo, as bandas *cover* do Glenn Miller vivendo seus últimos momentos, já feridas de morte pelo fenômeno The Beatles. No Carnaval, os abonados brincavam nos clubes Petropolitano ou Higino, na região serrana. Baile de branco. Os que ficavam no Rio iam à praia ou não faziam nada. A classe média ainda não havia descoberto as escolas de samba nem existia a Banda de Ipanema, que surgiu pouco tempo depois. Mas, na elegante Rua Redentor, morava a Gigi da Mangueira, professora de olhos verdes, a primeira grande passista da Zona Sul.

"Nos intervalos dessas atividades, sempre que possível, uma parada no murinho do edifício 105, estrategicamente colocado no caminho dos que vinham da Praça da Paz ou da pracinha do fumacê para as ruas de baixo mais próximas do Jardim de Alá. Mas, para que o local se tornasse imprescindível e estratégico como se tornou, justiça seja feita, contribuía muito a personalidade das garotas da região.

"Eram em menor número que os rapazes. E, como eles, também de tipos bem variados. Suzana, sardenta, olhos verdes, magricela, intelectualizada, uma *dark avant la lettre*, aparentava 18 quando ainda 15. Morava no prédio do murinho e era por isso que todos paravam por ali. Lisette, loura exuberante de pais alemães refugiados da guerra, vulgar como uma atriz de cinema de Los Angeles. Não esqueçamos de Terezinha Pestana, que trabalhava, apesar do pai rico, usava óculos e surpreendia a todos na praia de biquíni. Gênero Raimunda, feia de cara, mas boa de bunda. E a Chiquinha, sua antípoda: rosto bonito, corpo pesadão, personalidade infantilizada, complexo de inferioridade. Filha de uma famosa soprano retirada, era tímida e conservadora. E ainda a Ângela, tipo roliça, de uma família rica de usineiros nordestinos, com sobrenome regionalmente aristocrático. Essas eram as principais. Todas passaram pelas freiras do colégio Notre Dame, do qual uma quadrinha popular dizia que qualquer aluna 'entrava burra e saía madame'. Todas menos Lisette, vinda da rede pública desde o curso primário.

"Suzana ficava quase o dia inteiro sentada no bendito muro, as pernas balançando, olhando os passantes. Na verdade, à espreita de Fernão, o Bom Petruchio. Este, quatro anos mais velho, era figurinha fácil na mansão do Armandinho. Seu objetivo era Teresa Pestana, que vivia por lá. Seu irmão Lilico namorava a Ângela. Namorava era modo de dizer. Tinham, como se dizia então, "avançado o sinal". Para desespero da mãe dela, dona Zuleide, fofoqueira-mor da região e que morria de medo de passar de pedra à vidraça. Outro assunto que dava o que falar era o interesse de Lisette por Armandinho Duque. Espremida numa calça cor-de-rosa dois números menor que o seu, dava gritinhos toda vez que ele dobrava a esquina. Ele acabou percebendo, mas nem te ligo. Para surpresa total, começou um namoro formal com Chiquinha, a gorda.

"A vida seguia lenta e desinteressante nas ruas de baixo. Nenhum dos intelectuais que frequentavam nas tardes de sábado o famoso sarau literário do Sabadoyle (Drummond, Pedro Nava e os outros) podia sequer imaginar o fervilhar das cabecinhas adolescentes que por eles cruzavam nas esquinas do bairro. O que só era levemente percebido pelos 'malditos' de outro salão das vizinhanças, este noturno, o do escritor Lúcio Cardoso, depois do derrame substituído pelo do poeta Walmir Ayala.

"Era o fim de uma época. Ipanema ainda estava fora da rota do grande badalo, que borbulhava no Centro e em Copacabana. Poucos carros. Província, e, como tal, conservadora. Uma família progressista como a de Rick era vista de viés pela maioria dos moradores. E, em abril de 1964, a maioria das casas soltou rojões comemorando o golpe militar. Depois perceberam o engodo, e o bairro tornou-se o único local no Brasil onde a ditadura não ganhou uma eleição sequer."

— Chega de sociologia! Quando é que essa história vai começar de ver-da-de?! — reclamou Juca, antes de ter um acesso de tosse convulsiva, devido a uma tragada de narguilé mais ávida do que seria recomendável.

— Psssiu! — resmungou Edelweiss. — Serginho, *please*...

— Bem — prosseguiu o anfitrião sem sequer pestanejar. — Todo esse equilíbrio instável desmoronou quando, certo dia, se mudou pra lá uma família vinda do interior de São Paulo, da qual fazia parte o malfadado pivô dessa história.

"A cidade passava então por um racionamento de luz, uma hora de dia e outra de noite. Das sete às oito. Nesse período, o murinho fervia, porque ninguém tinha nada pra fazer. As meninas, fora Lisette e Pestana, estavam proibidas de ficar na rua durante o blecaute, mas sempre fugiam e apareciam. Pois bem, numa noite quente de verão, quando as luzes retornaram, todo mundo reparou, no meio da calçada, em um garoto desconhecido, com cerca de 15 anos, que olhava assustado, surpreendido pela claridade. Tinha o cabelo preto cortado curto e os olhos castanhos muito grandes e pestanudos. Parecia o Sal Mineo naquele filme *Juventude transviada*. Ao ver-se crivado de olhares, deu meia-volta e entrou correndo no portão de uma casa da mesma calçada.

"— Entrou no 128. A mudança chegou de tarde — dedou Lisette.

"O 128 tinha sido uma clínica psiquiátrica, transferida a pedido dos moradores, irritados com as fugas constantes de internos pelos muros da vizinhança, o estacionamento na calçada e os gritos dos infelizes a qualquer hora do dia ou da noite. Tinha fama de casa azarada.

"— Vamos investigar — disse Barão.

"Ele, Armandinho Duque, Fernão e Lisette bateram a aldraba do novo vizinho. O latido furioso de um cão de grande porte se fez ouvir, logo seguido de certa algazarra de gritos de duas ou três vozes diferentes. Finalmente, uma preta de meia-idade entreabriu o portão.

"— Moramos aqui na rua e viemos dar as boas-vindas — arriscou Barão.

"— Um momentinho, que eu vou ver.

"Novamente o portão fechado. E novamente aberto, segundos depois.

"— Podem entrar, por favor.

"Enquanto andavam, a empregada, de supetão, sussurrou a Lisette e Armandinho, os últimos da fila, com ar suplicante:

"— Ele não fez nada de errado, fez?

"Os dois demoraram a perceber do que se tratava.

"— Zizinho, o garoto que acabou de entrar...

"— Fez nada, não. Pelo que eu saiba — miou Lisette.

"De pé na varanda da sala, um jovem homem gordo esperava de braços cruzados. Barão reparou no seu gélido olhar cor de cinza. Em segundo plano, o tal Zizinho, ajoelhado no chão, segurava a coleira de um cachorro estranhíssimo, peludo como um leão. Esse ainda deu uns dois latidos e parou.

"— Tira esse bicho daqui — ordenou o gordo com grosseria.

"O rapaz levou o cão, que resistia e queria avançar nos estranhos. O homem e os nossos quatro trocaram palavras óbvias. Lisette perguntou pela raça do animal ("É um *afghan hound*", foi a resposta seca). E, em menos de dez minutos, estavam de volta no muro, contando as novidades.

"— Cara antipático.

"— Tem um cachorro que é uma fera.

"— Parece um leão.

"— Pra mim é macaco.

"— E o nome do garoto, então?!

"— Zi-zi-nho.

"— Parece um veadinho assustado.

"Assim a turma do muro travou conhecimento com aquele que iria precipitar sua dissolução, antes mesmo que o final da adolescência os separasse para sempre e um dia. Sua família era uma loucura. O tal gordo, seu irmão, era um militar reacionaríssimo, que berrava mesmo sem motivo a qualquer hora do dia ou da noite. Chamava-se Adalberto e não dava trégua pro Euzébio, o verdadeiro nome de Zizinho. Esse parece que tinha aprontado alguma coisa de grave em sua cidade natal. A cunhada, do tipo bela provinciana, era tímida e oprimida pelo maridão. Cuidava o dia inteiro do filho único, de 4 anos. Ainda moravam lá, além da preta que abrira o portão, a Memorina, uma nordestina meio cor-de-rosa chamada Creusa. E o *afghan hound*, Ramsés.

"Foi este que de certa maneira aproximou o recém-chegado dos donos da rua. Nessa época, cães dessa raça só eram vistos em revistas, ao lado de grã-finas ou astros do cinema. E Ramsés, apesar do porte aristocrático, tinha alma de vira-lata, corria, pulava, rolava no chão, e coisa e tal. Sempre vinha alguém puxar uma conversa, perguntar 'que raça é essa?' ou algo parecido. O primeiro a se aproximar foi Lilico, logo seguido de Pardal. E assim Zizinho foi se enturmando. O diabo do garoto discutia de igual para igual com o próprio Barão sobre cinema e jazz e conhecia tantas ou mais canções de Noel Rosa e Dorival Caymmi do que o Rick. Foi o único 'esquisito' tolerado por essa turma tão fechada, que se julgava o centro do universo. O outro existente no quarteirão, o Vibana, cujas enormes orelhas de abano tornavam parecidíssimo com um açucareiro gigante, era um reles 'mariquinha', que chamava os outros de 'cafajestes' e 'grosseirões', como uma matrona de telenovela. Com Zizinho o buraco era mais embaixo.

"Uma noite, Miudinho e Dudu o levaram até a Pracinha. Queriam obrigá-lo a fumar maconha. Recusou.

"— Olhaí, Barão, o filhinho do papai não quer provar.

"— Faz com ele o quê?!

"— Deixa o garoto em paz. Quando chegar a hora certa, a maconha vai entrar na vida dele. E aí então...

"Decepção. Então, quando ninguém mais esperava, Zizinho avançou no baseado e o tomou da mão do Duque. Deu uma tragada forte e prendeu a respiração. Fez isso mais duas vezes. Armandinho tomou-lhe o charro, ele quis resistir, e por alguns segundos seus corpos se roçaram. Meio tonto, sentou no banco de pedra, afastando Pardal, que observava divertido.

"Foi o seu batismo de fogo. Entrou pra turma.

"Volta e meia iam em grupo ao cinema de noite, sem a presença das garotas. Zizinho sentia um orgulho secreto ao desfilar pela sala de espera, seguido por três ou quatro amigos, sob o olhar invejoso das solitárias e enrustidas de meia-idade. Fingia não perceber o tesão dos outros, embora todo o seu rosto e a sua expressão corporal exalassem sexo de um modo quase irresistível. Estava no ponto.

"Tudo mudou numa tarde na varanda de Chiquinha, onde poucos tinham entrada franca. Por baixo da mesa, sentiu um pé bolinando sua perna, quente de desejo. Sem saber o que fazer, encarou os dois amigos que jogavam canastra em dupla contra ele e a mãe da dona da casa. Barão estava impassível e sério, preocupado com o lance seguinte. Mas percebeu um brilho trocista no olhar de Duque, que, por cima da mesa, mantinha ao seu lado a namorada, presa por um abraço. Zizinho estremeceu de medo de ser descoberto, mas não retirou a perna.

"Na noite de sábado, durante o baile do Caiçaras, súbito recebeu em plena orelha, com voz rouca e ofegante, a ordem peremptória de seu admirador.

"— Disfarça e me espera lá fora, perto do ponto de ônibus.

"Como resistir, e por quê? Automaticamente, deslizou numa fração de minutos para fora do clube e se escondeu na sombra de uma árvore. Nesse momento, caiu um toró daqueles. Isso assustou as pessoas, e muita gente correu para se abrigar na frente do clube. No meio do aguaceiro surgiu o Duque, mais belo do que nunca. Os dois correram um para o outro, encharcados.

"— Lá em casa não dá, meu pai tá com visita.

"— Então na minha. Vamos lá.

"Só quando terminou essa frase, Zizinho percebeu que não havia mais volta. Atravessaram a rua; afinal, eram apenas dois ou três quarteirões. No mesmo instante, Chiquinha apareceu:

"— Ei, gente! O pai da Suzana ofereceu carona!

"Tarde demais.

"Tinham desaparecido. Esperaram um tempinho debaixo da marquise de um edifício. Serenou logo, e passaram pelo murinho deserto rumo ao 128. Zizinho entrou sem ser percebido, prendeu o cachorro na garagem, entreabriu o portão e chamou o parceiro, que deslizou como uma sombra contra a parede branca, desaparecendo no interior do quintal.

"Quis o destino que nesse momento o velho Chevrolet do pai de Suzana virasse a esquina, trazendo a filha e mais Chiquinha, Lisette e Pardal de carona. O farol do carro iluminou um vulto que deslizou pela fresta do portão. Não deu para ver direito quem era, mas não era Zizinho. 'Seria o Duque?' Já no seu quarto, morta de curiosidade, Chiquinha se pendurou na janela que dava vistas para o 128, tentando inutilmente ver alguma luz acesa. Tudo no escuro. Assobiou três vezes. Silêncio profundo. Achou estar imaginando coisas e foi dormir.

"Quando finalmente Armandinho foi embora, mais de uma hora depois, não tinha a menor noção de estar sendo visto de longe pelo sorrateiro Pardal, que fumava na varanda apagada do seu edifício de esquina.

"Na manhã seguinte, na praia, a deliciosa água verde na altura do peito, este se aproximou de Zizinho, que também esperava um jacaré e detonou, ofegante:

"— Ou dá pra mim também, ou vô contá pra todo mundo.

"Uma onda macia possibilitou que Zizinho escapulisse. Mas, nos dois dias que se seguiram, a insistência do amigo, ao se ver repelido, transformou-se em ressentimento e depois em ódio. Logo Zizinho percebeu uma mudança nos olhares de todos, misto de desejo e troça. Isso foi num crescendo, até que recebeu um alerta de Rick: pretendiam currá-lo essa mesma noite na Praça da Paz, depois do cinema. Um grupo de cinco ou seis, que incluía até o pipoqueiro da porta do colégio. Mas ele não se intimidou. Na hora marcada atravessou a praça bem devagar, encarou a moçada, deu boa-noite e seguiu em frente. Ninguém teve coragem de dizer um ai.

"Pardal agiu também dentro do próprio grupo, divulgando fofocas maliciosas de duplo sentido, que logo alcançaram seu alvo: as delicadas orelhinhas da desconfiada Chiquinha. Tudo ficaria apenas no nível da suposição, se Duque não voltasse a insistir em estar novamente com o garoto. Encontraram-se numa esquina longe dali, e o Zizinho não resistiu ao azul daquele olhar. Não podiam imaginar estar sendo observados, detrás de uma persiana, por Suzana, que acompanhava a mãe na costureira. Menos de uma hora depois, Chiquinha botava em prática seu plano estratégico de vigilância ao portão do 128. Esse incluía sanduíche, guaraná, barra de chocolate e um reforço na cortina da varanda da frente do segundo andar. Ali se postou, exatamente alguns minutos antes do blecaute. Pouco depois que as luzes se apagaram, um vulto saiu da casa de Armandinho e caminhou sorrateiro junto aos muros, debaixo das amendoeiras, até o portão de Zizinho, que se abriu rapidamente para que entrasse, fechando em seguida. Não teve dúvidas. Pegou no telefone.

"Quase uma hora depois, pé ante pé, o Casanova deslizou pela fresta do portão na escuridão da rua. Deparou com o grupo carrancudo composto por Chiquinha, Suzana, Lisette, Pardal e Miudinho. Verdadeiro tribunal. Dudu observava de longe, encostado numa árvore, como se estivesse ali por acaso.

"— Olá...

"— Que você tá fazendo aí? — perguntou Chiquinha de supetão.

"— Nada. Nós...

"— Nós quem, seu...?

"— Que é isso, gente? Estão me estranhando?

"— Que é que você esperava? — chilreou maldosamente Pardal.

"Nesse momento, atraído pelo bate-boca, Zizinho resolveu aparecer. Infeliz ideia. Aos gritos de excitação, alguns entoaram a *Marcha nupcial*. Foi quando as luzes se acenderam, tornando ainda mais visível esse confronto entre o indivíduo e a coletividade. Os dois infratores se encararam, lívidos. Chiquinha, vencendo a timidez, atacou:

"— Sai pra lá, seu! Deixa meu namorado em paz!

"Duque ainda tentou interromper. Mas foi cortado pelo invejoso Pardal.

"— Que bobeira, meu chapa. Cair num flagrante desse...
"— Por que não vai cuidar da sua própria vida? — rebateu Zizinho.
"— Ela fala, gente, a noivinha fala. Que gracinha — resfolegou Miudinho, tentando passar a mão na bunda do garoto.
"— Para, viu?! — reagiu esse.
"— E se eu não parar, vai fazer o quê, que-ri-da?
"Pardal aproveitou pra dar um cascudo na cabeça da vítima. Daria o segundo, não fosse impedido por Suzana. Duque foi arrastado dali pela ofendida Chiquinha, evitando o olhar suplicante do amante. Este, vendo-se desamparado, recuou pra casa. Lá o esperava o irmão, que tudo ouvira. Deu-lhe tamanha bifa que ele voou longe. Nos quinze minutos seguintes, todo o quarteirão ouviu os gritos de Zizinho, apanhando de cinturão, na frente de quem se atrevesse a olhar pelo portão entreaberto. Senhoras aposentadas se debruçaram nas janelas, protestando. A turma se dispersou, cabisbaixa. Ramsés latia furioso na garagem, a babá pedia clemência a Nossa Senhora, e a mulher do brutamontes tentava inutilmente segurar o braço do marido. Por isso ninguém ouviu o estalar da bofetada que Duque levou da namorada e o portão da casa dela batendo com estrondo. Foi de Lisette a frase lapidar que fechou a noite.
"— Desde que me dispensou pela Chiquinha qu'eu desconfiei que ele não gostava de mulher. Isso é que dá ser bonito demais."

— Me lembro desse caso de ouvir falar — comentou Del Rego, desenrolando nervoso seu admirável *foulard* de seda pura, sob o olhar implacável do narrador.

— *Dov'è la vendetta*? — reclamou a condessa.

— Calma, gente. Tem *vendetta*, sim. Só parei pra respirar — justificou-se o narrador, dando uma baforada longa no narguilé e bebendo de um só gole seu cálice de Curaçao. E, depois de um profundo suspiro: — Aquela noite foi fatal para a turma do murinho. Ficou no interior de cada um, principalmente dos que não pertenciam ao triângulo em questão, a certeza de que um limite havia sido ultrapassado, sem recuo possível. Duque partiu no dia seguinte para a casa de uma tia em Niterói e logo foi estudar "nos Estados Unidos". Chiquinha, Lisette e Miudinho se afastaram de vez, assumindo a caretice. Zizinho não foi mais recebido na casa de ninguém. Só os mais maduros e inteligentes, Barão, La Pestana e os irmãos Petruchio, não o discriminavam. Para esses, era como se nada tivesse acontecido. Tentavam ser existencialistas. Com o correr do tempo, Dudu e Suzana tomaram a mesma atitude.

"Aos poucos, o assunto caiu no esquecimento, suplantado pelas notícias inquietantes de assalto a residências das ruas próximas. O medo pode ser ainda mais contagioso do que a fofoca.

"Zizinho acabou se aproximando de Rick, o mais perto da sua idade. Eram muito vistos conversando ou indo ao cinema. E assim adquiriram a fama, sem ter deitado na cama. Rick até tentava se insinuar, mas o outro só tinha na cabeça um único objetivo: a desforra."

— Uau! — debochou Juca. — Finalmente! Quero ver sangue!

— Silêncio! — ordenou Edelweiss, de olhos cada vez mais arregalados.

— Uma bela tarde, Pardal vinha passando pela Praça da Paz quando ouviu um "psiu". Era Zizinho, sentado no banco que existe em cima do morrinho local. O coração do vira-lata disparou, pois não tinham mais se falado depois da noite fatídica. O desejoso galgou correndo o íngreme gramado, caindo ofegante aos pés do desejado, como um cachorrinho retornando a bola atirada pelo dono. Este mantinha o olhar semicerrado e *blasé* das grandes divas do cinema mudo.

"O que eles conversaram ninguém sabe, nem mesmo Rick, que, roído de ciúme e despeito, espreitava do outro lado da rua, oculto na sombra de uma marquise. Era evidente que se tratava de conversa amigável, o que era ainda mais estranho. Sabia quanto o amigo ficara sentido com o que acontecera e como odiava o delator. Na praça, Pardal descia o gramado, com cara de satisfeito, a mão no bolso para disfarçar o pau duro. Zizinho continuou em seu posto, fumando e soltando anéis de fumaça. Nem percebeu a chegada do outro.

"— Que papo foi esse? Fizeram as pazes?

"— Não é da sua conta. Você é meu dono, por algum acaso?

"— Olha teu dono aqui te esperando — falou Rick, sacudindo a pica.

"Zizinho deu uma gargalhada.

"— Até você? Vê se cresce e aparece, garotão.

"E desceu o morrinho com rapidez.

"— Filho da puta! Quem avisa amigo é...

"O outro já estava longe. Na tentativa de persegui-lo, os óculos de Rick rolaram morro abaixo. Enquanto catava, o lolito desapareceu numa esquina. Mas as coisas não ficaram assim, pois nada nunca é o que parece. Na realidade, Zizinho descobrira, nesse exato momento em que o maldito Pardal caíra na sua teia, que Rick, de todos os garotos das ruas de baixo, era o único que valia a pena. Decidira lhe dar uma chance, mas antes tinha de executar seu plano de vingança. Por outro lado, Rick, sempre tão tímido e educado, se surpreendera com a própria ousadia de cafajeste, como o *primo canto* de um galinho de briga. Não confiava em Pardal, sabia que não prestava. Resolveu ficar de orelha em pé.

"Na madrugada desse mesmo dia, uma lua cheia iluminava toda Ipanema. Por volta de meia-noite e meia, tudo parecia morto. Só se ouvia ao longe o apito do guarda noturno, logo respondido pelos seus companheiros. Pardal, todo pimpão, descia a Joana Angélica como se fosse para casa, mas, aqui mesmo nesta esquina, desviou lentamente para o lado do 128, pé ante pé, sem fazer barulho. Experimentou o portão, estava aberto, e entrou. Minutos depois, outro vulto, igualmente cauteloso, o seguiu. Ramsés começou a latir violentamente. Alguém gritou. Ouviu-se um tiro, seguido de mais outro. Um barulho de discussão e um terceiro disparo, seguido de um grito de mulher. O cachorro continuava latindo, desesperado. Luzes se acenderam nas casas próximas. Alguém abriu o portão e caiu no meio-fio, defronte da casa. Vizinhos correram. Nesse momento, na outra esquina, outro tiro, seguido de uma correria na direção da Lagoa.

"— Pega ladrão! — berrou uma velha."

Serginho fez uma pausa. Os convidados fecharam o círculo em volta dele, ansiosos e frementes. Continuou:

— Pardal caíra numa armadilha diabólica. Sonhando com a possibilidade de mil prazeres, fora surpreendido por Adalberto, que, atraído pelos latidos de Ramsés (que não fora preso por Zizinho, de propósito), pensou ser um ladrão, dando-lhe um tiro na testa. Morreu na hora. Mas, para surpresa geral, outro vulto surgira de repente, gritando em volta do cadáver. Levou um teco no pescoço, mas conseguiu fugir pelo portão, caindo na calçada. Zizinho se engalfinhou com o irmão, para impedir que ele atirasse novamente em Rick, que reconhecera desde o primeiro momento, e no corpo a corpo um terceiro tiro foi disparado. Adalberto desabou como uma montanha, atingido no coração. Sua mulher surgiu no alto da escada, e foi esse o grito feminino que todos ouviram.

— E o bololô da esquina? — quis saber o árbitro da elegância, sempre detalhista.

— Foi na casa de dona Zuleide. Acordado pelos tiros de Adalberto, seu Cavalcanti (o marido dela) ouviu barulhos suspeitos. Pegou o revólver. Para sorte da filha e da esposa, esqueceu os óculos e, portanto, na casa iluminada apenas pelo luar, não distinguiu muito bem o que estava acontecendo. Ângela com Lilico no quarto dela, seminus, a porta aberta. E Zuleide abocanhando Dudu, que aceitara essa árdua missão em troca de duas caixas de Dexamil Spansule prometidas pelo companheiro. Na dúvida, o velho atirou pro alto. Os dois rapazes fugiram correndo pelo portão, ainda fechando a braguilha das calças. As duas vagabas, aproveitando a catarata do velho, inventaram que estavam i-mo-bi-li-za-das por dois assaltantes. A mãe ainda teve a cara de pau de abrir a janela e gritar "pega ladrão!". E essa ficou sendo a versão oficial, apesar do número razoável dos que juravam de pés juntos terem visto os rapazes fugindo pelo portão, espavoridos.

"Os dom-juans simplesmente deram a volta no quarteirão e foram bisbilhotar a tragédia do 128, sob as luzes vermelhas do camburão e da ambulância, misturados entre a pequena multidão de curiosos, alguns de roupão sobre o pijama. Viram Rick numa maca, imobilizado, o olhar fixo para o alto. Os dois cadáveres deitados de barriga pra cima. Assistiram à chegada dramática dos pais adotivos de Pardal, dois velhinhos aposentados para quem o vira-lata era tudo na vida. E também Zizinho sentado na viatura policial, ao lado de um vizinho advogado, depois de denunciado pela cunhada, que chorava abraçada ao corpo do marido. O garoto tinha o rosto impassível, e nos seus lábios um observador atento perceberia um leve sorriso de Mona Lisa. Um carro parou e desceu um senhor de óculos. Era o pai de Rick, um jornalista famoso. "Ricardo!", gritou, antes de ser detido pelos enfermeiros. Grupinhos cochichavam coisas inaudíveis.

"Assim acabou a turma do murinho, hoje entregue ao musgo e às folhas secas. Não resistiu à Revolução dos Costumes. O pobre Rick ficou paraplégico. A bala se alojou na nuca, sem poder ser retirada. Os outros dispersaram, mas volta e meia algum ainda é visto pelas ruas do bairro. Barão, por exemplo, que juntou com Pestana, teve um filho e depois separou. Foi pra Nova York, depois voltou. Dudu morreu de overdose e virou um semideus da mitologia das ruas. De Duque nunca mais se soube. Quanto a Zizinho, escapou da prisão por ser menor, foi absolvido e mandado estudar na Europa..."

— *Come si chiama la piccola* jararaca?! — protestou La Torlato-Favrini.

— Isso mesmo! O nome dessa pestinha....

— E rápido, que já está na hora da saída da Banda!

Serginho d'Alençon observava com olhar sádico a curiosidade de seus convidados. Resolveu implicar.

— Estou aceitando sugestões — disse, encarando Leopoldino del Rego.

— Tá na cara que é o *****, só não vê quem não quer — metralhou Juca.

— Pra mim é o *****, que tinha um irmão militar — retrucou Cara-de-Mulher.

A mera divulgação dos nomes citados abalaria as cotações da Bolsa, faria corar frades de pedra e provocaria um terremoto político de razoáveis dimensões. Todos se entreolharam, entre aterrorizados e gozosos. Leopoldino parecia querer pular pela janela. O anfitrião resolveu intervir, antes que o seu silêncio significasse consentimento com hipóteses tão terríveis.

—Se eu disser, ninguém vai acreditar — ameaçou.

— Fazemos questão — falou Cara-de-Mulher.

— É isso mesmo. Se ajoelhou, tem de rezar. Foi contar o

milagre, agora tem de falar o nome do santo — filosofou a condessa, com forte sotaque.

O anfitrião caminhou alguns passou pra frente, pôs as mãos na cintura e, depois de encarar um a um, empinou a cabeça para trás e falou, bem alto e orgulhosamente:

— O verdadeiro nome de Zizinho é.... Sérgio Camatta d'Alençon, ou seja, eu mesmo! Euzinho da silva!

O silêncio que se seguiu foi logo cortado pela gargalhada sonora da temível Edelweiss.

— Se eu não estivesse careca de saber que você estudou em São Paulo, e não na Europa, cairia como um patinho. Mas você bem que seria capaz dessas maldades, não é, seu danado?

Os outros respiraram aliviados. Cara-de-Mulher puxou uma salva de palmas. Nosso narrador inclinou a cabeça, agradecendo, como um ator no teatro.

— Assim é, se lhes parece — murmurou baixinho.

A condessa, mais sanguínea do que nunca, deu o toque de retirada.

— *La banda!*

Com efeito, já se ouviam os trombones se aproximando. A Banda de Ipanema comemorava uma data festiva, e a tarde prometia ser divertida. Todos já se retiravam, agitados, prometendo voltar na semana seguinte.

— Essa tarde você esteve insuperável, *darrrling* — disse o último a sair, antes de fechar a porta.

Mas Serginho não ouviu ou não prestou atenção. Não poderia prestar atenção. Pois acabara de descobrir, deitado em sua cama, inteiramente nu, um dos esculturais acompanhantes de Leopoldino del Rego. Ali deixado como uma prova evidente de agradecimento, suborno e submissão.

CRIATURAS QUE
O MUNDO ESQUECEU

No último mês de março, nem o frio cortante da manhã impediu que, todos os dias, os moradores de certo edifício da Rua Casimir Pinel – em Neuilly-sur-Seine, nos abastados arredores de Paris – perguntassem à velha porteira portuguesa novidades do vizinho do terceiro andar. Thierry de Foulanges, descendente pelo lado bastardo de um poderoso ministro do Segundo Império, voltara das férias n'*Amérique du Sud* em estado de semidemência. Sua prima dileta, a condessa de Sacrapantine, gastava os tubos com os melhores médicos e proibira a saída de toda e qualquer notícia.

Tudo começou menos de um ano atrás. Voltava Thierry de Paris, depois de passar a tarde no Museu Gustave Moreau, o pintor simbolista, favorito de Oscar Wilde e outros malditos. Precisava urgentemente terminar o artigo encomendado por uma revista de San Francisco sobre a obra misteriosa desse artista, prestes a ser mais uma vez "redescoberto" pela crítica. O sol se punha cedo nessa estação do ano, e antes das cinco já estava escuro.

Súbito, em pleno Bois de Boulogne, por detrás de uma moita, correu na frente de seu carro um ser andrógino de uma alvura ímpar, seminu, com uma espécie de capa vermelha e dourada esvoaçando por detrás dos braços abertos. Parecia a Salomé Tatuada que estudara toda a tarde no museu. A estranha criatura tropeçou no salto alto e caiu na beira da estrada. Thierry freou, assustado. Olhando para trás, seus olhos, por uma fração de segundo, cruzaram com os da arisca personagem, que se levantou e desapareceu às carreiras. Ficou maravilhado. Outros automóveis diminuíam a marcha, procurando entender.

Seguiu em frente, mas não conseguiu esquecer a deslumbrante visão daquele olhar de corça assustada. No terceiro dia, não aguentou e voltou ao local, mais ou menos à mesma hora, dirigindo bem devagarinho. Numa espécie de clareira, viu três automóveis parados e mulheres a conversar com os motoristas. Um novo carro se apareceu e dele emergiu seu objeto do desejo. Thierry sentiu o coração disparar. Ia se aproximar, quando ela embarcou num Citroën Sapo, que se afastou com rapidez.

No quinto dia, subornando um policial do *arrondissement*, soube que se tratava de um grupo de travestis brasileiros. Ficou excitadíssimo, mas pouco conseguiu além dessa informação. Sua bela Salomé (na verdade Gigi Bombom, figurinha manjada na Lapa carioca) desaparecera. "Foi deportada na semana passada", informou o *flic*, embolsando mais 100 euros.

Saindo da delegacia e caminhando sem direção, seus ouvidos captaram uma música exótica, ao mesmo tempo melodiosa e vibrante, que vinha de uma pequena loja. Parou, embevecido. Depois de alguns minutos, entrou e perguntou do que se tratava. "*Une anthologie du samba du Brésil*", respondeu a bela vendedora magrebina de olhos negros e pestanas longas. Thierry achou tudo uma grande coincidência e comprou os quatro discos da coleção.

Não ouviu outra coisa durante quinze dias. Fez reuniões de amigos, com queijos e vinhos, para apresentar a maravilha. Assim, aquele grupo de intelectuais aristocráticos tomou conhecimento das mais belas joias da música carioca nas vozes de Aracy de Almeida, Ciro Monteiro, Elza Soares, Martinho da Vila e outros. Como Paris é uma festa, alguém conhecia umas crioulas brasileiras, logo contratadas para uma típica feijoada com caipirinha. E, no meio do maior porre, Thierry reviu a dança da Salomé Tatuada. Só que em ritmo de samba lamento, com chorosa cuíca e sofrido cavaquinho. Uma traveca o abordou, com expressão sinuosamente irônica: "Ela também não te esqueceu". Fingiu não entender. A bicha deu uma gargalhada, sacudindo a peitaria, e falou, arfante: "Tá te esperando no Rio pro Carnaval". Isso ele ouviu um segundo antes de apagar num sono profundo. Acordou horas depois, no apartamento completamente deserto.

Verdade ou alucinação?

Depois que assistiu a *Orfeu negro* numa sessão da Cinemateca, por sugestão não se lembra mais de quem, seu interesse redobrou pelo Brasil. Decidiu visitar o Rio de Janeiro nas férias de inverno, quando seria verão no Hemisfério Sul, para ver tudo bem de perto. Era muito discreto o Thierry, quase insípido, como em geral os verdadeiros aristocratas. Aos 42 anos, tinha tido algumas experiências com pessoas do mesmo sexo, mas não "saído do armário", como se diz hoje em dia. A maioria de seus conhecidos achava que era sexualmente "neutro", e ele assim se comportava. Um semivirgem.

Aquela Salomé o tirara do sério.

Embarcou só, muito bem recomendado, para ficar no apartamento da conterrânea Annik L'Annouk, nas encostas de Santa Teresa. Dali podia ver o centro histórico da cidade, que divide a orla marítima, onde reside a elite, dos bairros interiores, habitados pelas classes média baixa e trabalhadora e onde o samba impera. Faltavam três semanas para o Carnaval, e não há época melhor na cidade para os apreciadores desse tipo de música.

A anfitriã lhe mostrou mapas da cidade, apontando as áreas de interesse, ao vivo, pela varanda do seu apartamento. Explicou as delícias e os perigos das diferentes boemias da Lapa, da Cinelândia e das praças Quinze, Tiradentes e Mauá. Confundir uma com outra pode ser fatal.

Nessa mesma noite, Annik e seu amigo Danilo o levaram a uma casa noturna perto dos Arcos. Estranhos objetos decoravam as paredes: cadeiras, caras de animais empalhados, tapeçarias, luminárias orientais, espelhos nas mais diversas molduras. Mesinhas acanhadas cercavam um palco minúsculo, onde se exibia um mulato alto, de cabelo preso por um arco feminil, cantando belos sambas sincopados. No intervalo, Thierry ensaiou um passeio pelos outros andares. Os clientes eram burgueses abastados ou estrangeiros. Não era o cenário que esperava. Deu de cara com três conterrâneos que conhecia de vista. Fingiu que não viu. Irritadíssimo com o fato, inventou uma desculpa e pediu pra voltar pra casa. *"Dégolasse!"*, imprecou mentalmente.

Foi assim que iniciou sua intromissão nos mistérios do Rio de Janeiro. Tomou chope no bar Luís, comeu frios com salada de batatas no Brasil, tomou canja no Lamas, dançou foxtrote no Elite Club, ouviu novos talentos no Carioca da Gema e no João Caetano e foi até num ensaio da Mangueira e ao pagode da tia Doca, em Madureira. Todo o cronograma *déjà-vu* "tipicamente carioca", onde os dois lados da cidade partida eventualmente se encontram. Thierry estava maravilhado. (*"Quel pays!"*). E as praias, então? *"Uh là là!"*, exclamou, depois de embolado no Arpoador por uma onda maluca.

Homem culto, percebeu nas construções, monumentos e jardins da cidade claras influências da sua terra natal. O Teatro Municipal copiado da Ópera de Paris, as esculturas em ferro do Val-d'Oise etc. Foi informado das reformas de Pereira Passos em 1905, inspiradas no que Haussmann fez na capital francesa. Em menos de uma semana, o homem estava completamente seduzido pela Cidade Maravilhosa. Seria o assunto do seu próximo livro, pretensiosamente pré-intitulado de *La mystérieuse patrie du samba*.

E assim se passaram dez dias. Em todos eles Thierry alimentou em vão a esperança de cruzar novamente um olhar com sua musa. Pensava nisso umas dez vezes por dia.

Chegamos à sexta-feira, véspera do Carnaval.

Logo aceito o convite telefônico de última hora para se esbaldar no último ensaio do bloco Escravos da Mauá, entrou debaixo de uma ducha fria e refrescante. Iria ao Largo da Prainha, no coração antes inexpugnável da região do Cais, baluarte da malandragem. Em 1909 já conhecida por Bairro Rubro, dado à incidência da criminalidade estatística. A agremiação carnavalesca, fundada e mantida por funcionários de elite de empresas estatais, tinha a bem-intencionada ideia de cultuar o samba de rua. Mas não podia escapar ao paradoxo de ser ela mesma uma invasão de território.

Thierry e os amigos chegaram perto das nove horas. Sentados em cadeirinhas de metal, tomaram caldo de mocotó e comeram salsichão na brasa na barraca de simpaticíssimos camelôs e encheram a cara de caipirinha de lima-da-pérsia e tangerina. O público de umas mil pessoas, quase todas fantasiadas, misturava foliões da classe média com a população local. Havia clóvis, odaliscas e um grupo grande com máscaras de personalidades debaixo de albornozes de beduíno. A música era boa, embora amadora. Hora e meia depois, de saco cheio, resolveu dar um rolé.

Aos poucos, tinha desistido da Salomé e já punha quase em dúvida sua própria existência. "Não teria tudo sido uma ilusão dos sentidos? O importante é o aqui e agora." Como outros incautos viajantes que aportam na Cidade Maravilhosa, desde que pousara no Galeão, sentia uma vontade irresistível de se avacalhar no meio da patuleia, em busca do inconfessável! Trocando em miúdos, o francês tava com o cu piscando. Qualquer coisa servia.

Afastado da praça onde tocavam os músicos, sentiu-se atraído por um boteco de luz um tanto suspeita, donde partiam sonoras gargalhadas, na segunda esquina da ladeirinha que começa no largo. Antes mesmo de subir, sentiu-se cravejado por mil olhares. Nas cercanias da entrada, rapagões bronzeados com camisetas apertadas modelando os músculos, pretos de rostos misteriosos e pernas compridas, mulatos de todos os matizes, lembravam desenhos de Cocteau inspirados por Genet ou Pasolini. Dentro, duas senhoras de meia-idade serviam os únicos clientes, três travecas sentadas numa pequena mesa, centralizando todas as atenções. Thierry parou estatelado. Era ela! Esfregou os olhos sem acreditar. Não havia dúvidas, era a própria: cor marmórea e lábios violeta, com um biquíni de lantejoulas e a mesma capa vermelha e dourada. Ao seu lado, uma gordota de queixo duplo e fantasia de espanhola rica. Parecia a soprano Montserrat Caballé. A terceira, louríssima, inspirara-se com certeza na Mulher-Aranha do Puig, pois tinha um manto em forma de teia.

Sentiu um puxão na barra da bermuda. Um homem-tronco, horrendo e corcunda, num carrinho de rolimã, lhe oferecia, com um sorriso cheio de falhas, uma lata de cerveja já aberta equilibrada na testa larga. Atrás, tomando conta de um isopor cheio de gelo, outro ser deformado, com braços e pernas finos e retorcidos como os de uma aranha envolvendo a cara abrutalhada e arrematada por um cavanhaque, observava com olhar afogueado: "Tá geladinha, dotô".

Thierry pagou para se ver livre dele. Deu uma nota alta e dispensou o troco. Tomou dois goles e ficou ali, paquerando seu objeto do desejo. Tanto fez que foi notado. Respondeu ao que lhe pareceu um sorriso. Gigi levantou-se na sua direção. Ao menos foi assim que ele entendeu. Subitamente sua vista se tornou turva, as luzes dos postes elétricos se transformaram em arco-íris de tonalidades berrantes, o som diminuiu e aumentou sem nenhuma continuidade realista. Tropeçou e caiu de joelhos, como quem vai rezar, diante do homem-tronco. Suava frio. Sentiu que o socorriam. Viu ao longe a capa vermelha e ouro, esvoaçando ao virar uma esquina com suas cintilantes companheiras. Desmaiou.

Acordou com dores em todo o corpo. Descobriu-se inteiramente nu, com as mãos amarradas, em algum local abafado e sem luz, mas ainda perto da Prainha, pois podia escutar a música não muito longe dali. Tentou gritar, mas, por mais que se esforçasse, não emitiu nenhum som. Quis andar, mas uma corrente amarrada ao tornozelo impedia, e caiu aos trambolhões. Não via um palmo adiante do nariz e assim ficou até perder a noção do tempo, como narcotizado. Bem mais tarde, quando a música parou e veio o friozinho da madrugada, ouviu um ranger na outra ponta do aposento, num local fora do seu alcance de visão. Percebeu que não estava mais só pelo som de uma respiração ofegante, cada vez mais próxima. Achou que sua hora tinha chegado e ia morrer ali mesmo, na mão de sequestradores. Maldisse os trópicos e todo o Terceiro Mundo.

Quais não foram o seu pavor e o seu espanto quando, segundos depois, sentiu algo úmido e pegajoso como uma lesma subindo lentamente pela sua perna. Tremeu de medo. A coisa continuou. Com tremenda avidez, a língua (Thierry já percebera se tratar de uma língua humana) penetrou-lhe entranhas adentro, movendo-se circularmente, na direção do relógio. Depois de algum tempo, outra boca, macia como veludo e vinda quem sabe de onde, abocanhou-lhe a chapeleta, que logo explodiu em gozo, avidamente sorvido pela invisível criatura. Foi um vale-tudo. Enrabado e enrabando, chupando e sendo chupado, não havia como resistir dentro da total escuridão. Por vezes, havia duas pessoas; outras, parecia haver mais participantes. A sacanagem durou horas e só parou quando, pelo barulho dos carros e ônibus vindo do exterior, Thierry percebeu que amanhecia. Foi alimentado com um mingau ardido e deixado inerme a delirar.

Estava agora num grande templo pagão, como aquele do filme *Sansão e Dalila*. Amarrado numa mesa de pedra, cercado de cânticos e baticuns. Súbito, silêncio, rompido pelo lamento de uma flauta solitária. Do alto de uma escada, Gigi Bombom, vestida como a Salomé Tatuada de Moreau, aproxima-se com um punhal sinuoso nas mãos juntas. Não está só. Ao seu lado surge, como por encanto, um ser vestido de palha e peles de bichos, o rosto coberto por uma franja de miçangas, como um sacerdote africano. Pareciam saídos de um filme de Kenneth Anger. Os dois se aproximaram. Salomé ergueu o punhal, avançando em sua direção.

Recobrou a consciência muitas horas depois, penetrado por um perneta com bafo de álcool aos pés da muleta encostada na parede. Agora a luz bruxuleante de uma vela de cera permitia alguma visibilidade.

Toda a escória da mendicância e dos vendedores ambulantes do Centro do Rio, atraída pela notícia, queria usufruir do "bunda branca" aprisionado numa ruela da Pedra do Sal. E pagavam – com as poucas migalhas obtidas depois de horas a esmolar na porta das igrejas e das estações de trem, ônibus, barcas e metrô – por alguns minutos desse prazer inenarrável. Tronco & Aranha garantiam, assim, uma boa féria.

Isso durou os três dias do Carnaval, com a batucada lá fora comendo solta. Já no segundo, Thierry abandonara qualquer resistência e surpreendeu-se dando o mais delicioso beijo de língua numa boca murcha, sem um dente sequer. Encarou com sofrida alegria a descomunal estrovenga de um pivete de 15 anos, perna fina e joelho grosso. Enfraquecido, desmaiou nos braços de alguém. Acordou coberto de arranhões e mordidas. Moscas zumbiam em volta das feridas. O fedor era insuportável.

No terceiro dia, a animação externa explodiu num desafio de batucadas para as despedidas de Momo. Surdos, repiques e tamborins tiraram Thierry da sua modorra alucinógena antes das oito da matina. Aninhados ao seu corpo como recém-casados, os donos do pedaço, Tronco & Aranha, dormiam, um de cada lado, ronronando como gatinhos. O francês, já viciado em sexo, não resistiu ao calor da carne humana e bolinou os dois monstrengos que o escravizavam e que retribuíram as carícias. E foi nessa condição constrangedora, enredado numa suruba digna do mais surreal dos surrealistas, que o herdeiro dos Foulanges foi surpreendido com o arrombar da porta e a entrada da polícia, seguida por transeuntes e repórteres de jornais populares.

Diante do quadro, todos quedaram paralisados. Segundos depois, começou uma grande confusão. Uns riam, debochados, e gritavam piadas de mau gosto. Outros, ao contrário, exigiam, irados, o linchamento e foram contidos pelos guardas. *Flashes* estouraram, antes que os dois gnomos escapulissem entre as pernas da multidão, e as fotos foram a sensação dos dias vindouros. Thierry entrou em estado de choque. Ao som da barulheira ensurdecedora, a derradeira imagem que registrou, no meio dessa muvuca toda, foi, enrolada num roupão listrado, pálida como uma lagartixa, cara lavada como quem pulou da cama um minuto antes, a sua Salomé!

"Depravado!", pensou ouvi-la gritar.

Foi demais pro pobrezinho. Annik chegava com uma ambulância, e ele pôde desfalecer em paz e segurança.

Depois de duas semanas de hospital, descobriu-se que Thierry estava mesmo seriamente abalado nas suas faculdades mentais. Entrara numa viagem sem volta e nunca mais seria o mesmo. Foi nesse estado que retornou a Paris, e nele continua, ainda que assistido pelos melhores especialistas internacionais das ciências médica e esotérica. Nas últimas semanas, começou a desenhar de maneira compulsiva, e já há quem prenuncie em suas obras, de fulgor neurótico e expressionista, uma excelente possibilidade comercial para um artista iniciante.

CAÇADORES DE VEADOS

Vestiram sainhas listadas e saíram por aí. Sem darem a mínima às papadas e bochechas, das quais tentavam desviar a atenção com as bocas vermelhíssimas e as pálpebras fortemente azuladas. Nem aos ventres já proeminentes, mal equilibrados por volumosas batatas da perna que finalizavam em pés enormes, verdadeiras patas espremidas em sapatos altíssimos de bico fino. Nas roupas, um verdadeiro vale-tudo.

Estávamos em Madureira, sábado de Carnaval. As ruas ululavam. Samba, suor e ouriço. Pessoas lindíssimas, misturadas a famílias do subúrbio, se acotovelavam para ver o desfile do Bloco das Piranhas: marmanjos acima de qualquer suspeita (entre eles famosos jogadores de futebol), todos respeitáveis pais de família, a desfilar ao som de uma batucada, vestidos de mulher. Caricaturas voluntárias. Pernas cabeludas, braços musculosos, barbas, bigodes e costeletas fingiam se disfarçar sob a pesada maquilagem, os seios de enchimento, as vestimentas improvisadas, bolsas e chapéus estapafúrdios, leques agilíssimos e aflitos. E as vozes, meu Deus! Pareciam arapongas ensandecidas numa chanchada da Atlântida.

— Como você está pa-vo-ro-sa hoje, Matilde! — grasnou um segurança de banco, com bigode à la Stalin, enroscando um boá fúcsia de plástico barato em volta dos seios feitos de camisinhas de Vênus, para o ex-boxer negão fantasiado de Xuxa, peruca de piaçava platinada ao estilo Maria Chiquinha, de braço com a ilustríssima senhora sua mãe.

— Despeitada!

Houve um rápido duelo de caras e bocas. A multidão, encantada, adorou. Gargalhadas intercaladas com gritos de incentivo. Uma dona de casa chegou a aplaudir, embasbacada. A mãe da Xuxa não podia esconder o orgulho do filhote, tão macho que se dava ao luxo de se fingir de mulher em praça pública. Perto dali, uma muvuca. Esposa desbocada surpreendeu o maridão dando pinta, enrolado no seu *robe de chambre* favorito de seda chinesa, bêbado que nem gambá.

— Volta pra casa, Edgar! Você me mata de vergonha!

Engraçadinhos ensaiaram um coro de "Pega ela, peru!", mas não houve adesões significativas. Nesse momento, chegavam Dama Antiga (Artur de Tal, 40 anos, motorista de táxi), Mulher da Vida (Josimar Vanderley, 48, gerente de padaria) e Noivinha (Luís de Pina, 35 anos, farmacêutico) – noviços na floresta. Deixaram em casa mulher e filhos e era a primeira vez que se atreviam. Três mocinhas elegantes: Cobra, Jacaré e Elefante. Pareciam umas palhaças. Já tinham tomado todas, estavam pela bola sete e eram apenas duas e meia da tarde.

— Com sua licença, madame, mas estou grávida do seu marido! — exclamou Noivinha, revirando os olhos, pendurada no braço de um velho setentão meio sem graça, que ria amarelo sob o olhar constrangido da esposa.

— No meu tempo não tinha disso, não! — suspirou Dama Antiga, atrás do leque.

Mulher da Vida dava gritos de Pombagira, com as mãos na cintura, batendo pé. Súbito, escolheu o mais tímido entre os sorridentes em volta.

— Tá sozinho, simpático?
Mandou-lhe um beijo estalado. O rapaz sorriu, constrangido. Mulher da Vida armou uma boca de flor e avançou. Tumulto. A vítima tentou escapar, foi segurada pelos amigos e terminou com uma enorme bocona de batom vermelho impressa na testa.
— Liga não qu'ela é maluca... — aconselhava Dama Antiga aos mais próximos.
Passaram toda a tarde nessa brincadeira. Quando veio o pôr do sol, resolveram chegar até o Centro e continuar a farra. Despencaram no primeiro trem. O vagão vinha cheio de foliões, a maioria para o desfile das Escolas de Samba. Assim, passaram meio desapercebidos. Depois de muito sacolejo, chegaram na Central. Já estava meio escuro, e, nas proximidades, previa-se o inenarrável. Resolveram urinar no banheiro da estação. Uma verdadeira loucura. A catinga era como um soco na cara. Homens de todas as raças e idades, olhos injetados, balançaram as picas para os recém-chegados. Alguns afoitos tomaram intimidades.
— Chegou a alegria da rapaziada! — saudou um paraíba todo tatuado.
— Dá uma mamadinha aqui no vovô, vai... — sussurava um preto velho de membro em riste.
— Grrrrrr, vou te comer todinha, piranha véia.
Artur, Josimar e Luis de Pina passaram maus pedaços e só foram salvos pela chegada de dois guardas ferroviários, que impuseram certa ordem. Escafederam-se, espavoridos. Preferiram se aliviar num canto da rua imunda.
Nesse exato momento foram detectados por uma dúzia de olhos ameaçadores. Pivetes de um bloco de bate-bola, seguros atrás das máscaras e fantasias, cercaram os mijões no clássico arrastão. Empurrões, socos, rasteiras. Berros de baleia ferida.

Na tentativa de escapar, Dama Antiga acabou abalroada por um ônibus que manobrava em marcha a ré e atirada a 2 metros de distância, ralada e de braço quebrado. Pessoas surgiram, e a turma do deixa-disso impediu o massacre. Recalcitrantes, os assaltantes recuaram e desapareceram no turbilhão da galeria. Restava socorrer o ferido. Dama Antiga, amparada pelas amigas, atravessou as quatro pistas da avenida, tomando a lateral do Campo de Santana rumo ao hospital Souza Aguiar. Não foi fácil. Não só o braço doía, mas a sua perna estava toda roxa e arranhada, tinha um terrível galo na testa e sangrava pelo nariz. Para completar, havia muita gente na rua pra curtir com a cara delas. Na altura do Museu do Exército, um sentinela fez linguinha de cobra e gestos obscenos. Um automóvel parou fora do sinal e o motorista gracejou pela janela:

— Tá machucadinha, querida?

Emergência de hospital público, sábado da Carnaval, vocês podem imaginar. Um velho segurava com o lenço o olho quase pulando da órbita, a cabeça manchada de sangue pisado. Uma prostituta banguela sorriu, convidativa, o braço na tipoia. Criancinhas choravam nos braços das mães. Uma maca passou, apressada. A fila era grande e a espera prometia ser longa. Depois de uns vinte minutos apareceu uma velha enfermeira. Era impossível ignorar um trio tão estapafúrdio. Assim o ferido teve o privilégio de ser atendido. Ou melhor, de passar pela triagem. Deram-lhe um comprimido, limparam o sangue com um lenço de papel e foi posto a esperar na fila do raio-X. Nessa altura, já ficara sóbrio e perdera todo o espírito carnavalesco.

— Podem ir que me viro sozinho.

— Vou ficar pelo menos até o médico aparecer.

— Eu também.

Logo desistiram, ao perceberem que ia demorar mesmo, prometendo voltar. Passaram pela funerária ao lado, estrategicamente colocada, em busca de um boteco pra tomar um goró, e deram de cara com a fila de entrada do baile dos "entendidos" do Elite Club. Veados fortíssimos com shortinhos de Tarzan conversavam abobrinhas com mariconas feminis de ares professorais. Foram imediatamente cravejados por olhares ansiosos de classificá-los numa das diversas categorias homo. Sentindo-se ameaçado, Mulher da Vida resolveu afrontar, pra mostrar a diferença.

— Paraíba masculina, muié macho, sim sinhô — cantarolou desaforado, sacudindo a genitália.

Uma lésbica de casaco de couro de cobra empombou.

— Sou mais eu! Pula dentro qu'eu quero ver! — grunhiu, caco de garrafa em riste.

— Sou mucho homem! — ele respondeu, abrindo o leque num gesto debochado e abanando as partes.

— Muié macho é a vovozinha! — arrematou uma cambona.

— Quem são essas peças? — perguntou outra, toda de preto, magra e branca como uma vampira, vozinha de menina e olhos de ressaca.

Fizeram uma meia-lua em torno do adversário. Pegava mal não encarar, afinal eram apenas três mulheres. Mesmo de porre, tinha de resistir. E assim foi feito. Desviando-se de um golpe, Mulher da Vida acertou um socão na cara da primeira, mas não pôde evitar um corte profundo no rosto. Sangue. Confusão. Noivinha não sabia o que fazer. Foi quando surgiu, ninguém sabe de onde, piscando a luz vermelha, um camburão silencioso. Desceu um PM, negão do tipo zulu, muito alto, muito escuro e muito vistoso. "Cabo Claudionor, a seu dispor." Seguia-o um soldado de corpo avantajado. Impondo respeito pelo volume e pelo passo firme, abriram caminho entre a multidão como duas orcas num cardume de sardinhas. Correu gente pra todo lado.

— Qual é a muvuca?
— Foi ela que começou.
— Essa maricona aí de vestido lascado — apontou a Draculita.

Na direção do dedo de unhas negras, o cabo e o soldado deram de cara com Mulher da Vida, o rosto sangrando.
— Documentos.

Bem que ele quis mostrar, mas a pochete de oncinha estava aberta, toda rasgada. Completamente vazia. ("Quando foi que sumiu essa porra?", pensou.)
— Perdi. Roubaram. Não sei.
— Então por gentileza nos acompanhe até a delegacia — falou melifluamente Claudionor, cujo olho clínico já detectara gente nova no pedaço.

Josimar aflorou sob a pele de Mulher da Vida.
— Mas que absurdo! Não fiz nada! Eu é que fui o assaltado!
— Tá me acusando? — berrou a agressora.

O guarda segurou Mulher da Vida com força pelo braço.
— Melhor obedecer.

Noivinha arriscou, no meio da multidão.
— Ele é gente fina.
— É veado, mas é de respeito — debochou a cambona.
— Veado é a mãe!

Claudionor parou. Olhou em torno com o rosto impassível.
— Alguém aqui falou alguma coisa?

Silêncio geral. Noivinha se escondeu atrás de um grupo de mariquinhas.
— Se eu fosse você calava essa boca e ia embora de mansinho — aconselhou um gladiador de longuíssimos cílios postiços.

O cabo segurou a mulher do casaco de cobra e ordenou:
— Vão os dois se explicar na delegacia.

— Ela não fez nada — protestou Draculita.
— Isso quem decide sou eu.
Alcoolizada, Mulher da Vida ainda tentou resistir, e o soldado não teve outra alternativa senão mandar-lhe uma big tapona na cara. Então os dois prisioneiros foram enfiados na caçapa do camburão, onde já estava um pardinho com cara de camundongo. Quando a viatura se afastou, rompeu uma vaia.
— Vão levar eles pra 4ª — informou uma bicha prestativa.
— É por ali.
Todos correram de volta pra entrada do baile. Noivinha ficou completamente sozinha debaixo de uma marquise, abandonada, pensando no que fazer. Cochilou em pé. Depois de um bom tempo, comprou nova lata de cerveja e tomou a direção indicada, ziguezagueando como um barco bêbado.
Enquanto isso, o camburão estacionara no pátio da delegacia. Havia muito movimento essa noite, na maioria chamados sobre rixas entre foliões, algumas com mortes. Um louco esfaqueara cinco pessoas na Tiradentes. Assalto num ônibus para Acari. Turista francês encontrado nu em sobrado suspeito, narcotizado e acorrentado, sem uma só peça de roupa ou documento. Vadia corta cara de outra com gilete. Os três detidos foram apresentados ao ocupadíssimo delegado Feitosa. O Cara de Camundongo, na realidade Dedé Dendróbata, ladrãozinho fuleiro da região do Mangue, foi levado pra uma sala ao lado e dispensado após quinze minutos de conversa. Josimar/Mulher da Vida e sua companheira, Jezebel das Couves, alcoólatra, vulgo Maciste, foram esquecidos num banco duro de madeira.
— Não vai dar uma de caguete, vai?
— Tá me estranhando?
— Tudo bem, então. Já não tá aqui quem falou...
— Tu me machucou, meu.
— E esse corte aqui na minha cara? Não conta?

Por pura falta do que fazer, os dois entabularam conversa e até fizeram confidências. Quase amigos. Foram liberados muitas horas depois, ao raiar do dia, sem nem ao menos ter sido interrogados.

Horas antes, ao sair da delegacia, Dedé encontrara Mylene Acordeon, Gigi Bombom e Mona Lisa, travecas na pior, loucas pra depenar um otário. Cheiraram lança-perfume num estacionamento e partiram pra finalidade. Campo de Santana. Ao longo dos muros, ocultos pela sombra das árvores, poderiam observar melhor as vítimas em potencial. A noite já ia alta, passava muita gente, mas ninguém nos conformes. Súbito, olhos de lince, detectaram, do outro lado da rua, uma Noivinha desajeitada, cambaleando, tropeçando nos sapatos de salto altíssimo. Entreolharam-se, e sem uma só palavra, botaram imediatamente em ação um instintivo plano de ataque.

Era preciso interceptar o otário antes que cruzasse a avenida e arrastá-lo para a ruela deserta e escura que ficava à esquerda. Ali dominariam a situação. Abordaram o alvo por dois lados ao mesmo tempo. Dedé atravessou a rua quase na altura da vítima, enquanto os travestis vieram por trás, de modo a impedir a fuga. Mas não foi preciso nada disso. Com os pés em pandarecos, Noivinha entrou na tal viela por livre e espontânea vontade, pra dar uma mijada. Colocou os sapatos debaixo do braço e já ia voltando, quando deu de cara com o mulato claro e franzino, cercado do que lhe pareceu ser três mulheres enormes, de shortinho, botas e coletes sem manga sobre os seios turbinadíssimos. Prevendo uma furada, tentou ser mais rápido, mas, depois de tanta cerveja, não deu. Estava de fato encurralado. Mãos agilíssimas percorreram seu corpo sem piedade.

— É o ó! O puto não tem nada!
— Deix'eu vê...

Dedé abriu a carteira e retirou a merreca. Estava visivelmente irritado. Deu uma cusparada pro lado e cantarolou, com voz sarcástica:

— Que é que faz com ele? Pau na bunda dele...

— Meu amigo, eu sou é homem. Pai de família ... — argumentou Luís de Pina, descartando-se da persona Noivinha...

A fantasia o desmentia completamente. Soprava um ventinho quente. O véu bateu no seu rosto, suado de nervosismo. O luar dava tonalidades estranhas ao platinado de Mylene. Esta deu um sorriso malvado.

— Tô louca pra comer um cu de pai de família.

— Uau! — acompanhou Gigi, com olhar chispando.

Antes que Noivinha abrisse a boca para responder, Mona Lisa enfiou-lhe uma echarpe vagabunda goela baixo, que quase a sufocou. Só então percebeu que tinha exagerado mesmo na cerveja. Enquanto duas travecas o seguravam pelas pernas, a terceira levantou-lhe o vestido e abaixou a calcinha. Tudo aconteceu rapidinho. Sem poder gritar, o farmacêutico perdeu a honra nessa circunstância vexaminosa. Dedé também abriu a braguilha e se masturbava, excitadíssimo. Esporrou na grinalda da Noivinha profanada. Já Mylene não queria gozar, era só uma prova de poder. Uma espécie de revanche contra a sociedade estabelecida. Tirou o peru de supetão. Noivinha resfolegou baixinho.

— Agora é minha vez — reivindicou Mona Lisa.

Mas, antes que se posicionasse, uma luz suspeita iluminou o local, assustando os protagonistas, como às hienas e outros predadores da noite. Dedé correu, levando a pouca grana arrecadada na operação. Os travestis também deram nas canelas, e os sons dos seus saltos se afastando na calçada pareciam castanholas num diminuendo. Acabou que era alarme falso, apenas um táxi manobrando, e a ruela logo voltou à escuridão do seu abandono. Noivinha foi largado lá, caído. Pareceu ouvir um assobio, mas, ao tentar descobrir a direção, viu, em cima do muro da esquina, a silhueta do sentinela do Museu. Achou mais seguro dar um suspiro e desmaiar.

Acordou naquele exato momento que antecede o nascer do dia, quando a atmosfera fica fria, quase gelada, mesmo nos dias mais quentes do verão. Tentou se agasalhar com o vestido ou o que restasse dele, mas tinha desaparecido. Estava só de cuecas, véu e grinalda. Sentiu um ardor na bunda, mas a ressaca não o deixava raciocinar. Enrolado no véu, caminhou para a esquina, rumo à estação de trem. Pessoas semidestruídas, as faces intumescidas pela vigília em busca da luxúria enxovalhante, as olheiras profundas, as fantasias aos trapos, seguiam na mesma direção, como uma procissão de mortos-vivos. No meio delas, os dois amigos. O primeiro de braço engessado. O segundo com um feio curativo entre o olho e a bochecha esquerda. Mancavam, apoiando-se um no outro.

— Parece que a noite foi animada, hein? — disse Dama Antiga.

— Até perdeu o vestido... — ironizou Mulher da Vida.

Deram uma gargalhada de gozação. Noivinha desabafou.

— Porra! Sabe que não lembro de nada?

Juntos caminharam de volta ao lar, doce lar, sob o céu vermelho de uma aurora implacável. Fora apenas o primeiro dia do Carnaval. Que viessem os outros. E nada importaria, nem Deus, nem pátria, nem família. Imperando apenas a orgia, a pândega e a bagunça. Liberdade a qualquer preço. *Libertas quae sera tamen*. Pra tudo se acabar na quarta-feira.

A MORTE ELEGANTE

Gente fina é outra coisa, já disse alguém. E quem pensa que tanto faz ser bem ou mal-educado não entende nada da vida. Fineza tem bem menos a ver com a arte de usar os talheres certos num jantar de cerimônia e muito mais com aqueles pequenos gestos quase imperceptíveis, mas que asseguram a superioridade do seu executor mesmo na mais terrível derrota. Não depende de classe social, nível escolar, idade ou raça. Todo mundo conhece gente com dinheiro (da nova ou velha estirpe) que não chega aos pés dos próprios criados.

Mas, em matéria de amor, é muito comum terminar tudo em barraco, independentemente da conta bancária. Portanto é sempre de admirar quando nos deparamos com um caso que foge à regra.

Antero do Vale desde sempre almejara ser uma espécie de Jean Cocteau carioca, e, embora esbanjasse talento, faltava-lhe o traquejo social necessário. Ao contrário do francês, que foi poeta, cineasta, dramaturgo, desenhista e romancista de qualidade – e lançou os igualmente geniais Radiguet e Genet –, nosso Antero se especializou numa só forma de expressão, a fotografia artística, com a qual acumulou dinheiro e prestígio. Não teve a generosidade, ou a oportunidade, de alavancar outro artista de renome. Redimiu-se disso, entretanto, construindo uma pessoa real, Douglas José Soares, com quem coabitava havia pouco mais de dez anos. Até os inimigos mais ferrenhos concordavam em afirmar que essa relação era a sua obra-prima incontestável.

Conheceram-se quando ele era estudante e o belo Dodô, então pouco mais que um pivete de classe média baixa, modelo vivo para pintores, desenhistas e fotógrafos. Era "protegido" do secretário da escola, e por isso durante quase dois anos conviveram apenas formalmente. Antero conhecia cada detalhe de seu corpo sem nunca tê-lo tocado. Mas o garoto foi servir o Exército, se afastou, e o tal protetor entrou em outra. Um belo dia, no metrô Arcoverde, o inesperado fez uma surpresa, e foi como naquela música: primeiro olhar, depois sorrir, depois gostar. Foram morar juntos. Dodô ascendeu, tornou-se assistente do fotógrafo e, no decorrer de certo tempo, gerente de sua galeria especializada em fotografia.

Por isso causou tanta surpresa o fato de Douglas abandonar Antero por uma mulher. E logo quem: a já sambada Clarinha Ramos e Castro, três vezes divorciada de milionários e mãe de quatro filhos adolescentes! A notícia se espalhou como uma nuvem de gás venenoso, das encostas de Santa Teresa à planície da Barra da Tijuca, cobrindo toda a Zona Sul com uma neblina de estranho odor. Já bem de manhãzinha o telefone tocou na casa de Celso Azambuja, principal informante da coluna de Edelweiss Devilish. Este acordou de má vontade, assustando-se com a voz metálica de araponga do outro lado da linha. Era o Reinaldo, seu amigo dentista.

— Acorda, veado. Tem notícia quente.

Espreguiçou-se, bocejando.

— O Dodô da galeria Diafragma fugiu com a dona Clarinha da boutique Chez Madame, depois de ficar uns duzentos anos com o Antero do Vale.

A bomba teve de ser detonada mais duas vezes.

— Tem como confirmar? — resfolegou Celsinho.

— Um amigo meu de confiança, o Pedro Nicolau, professor de Mitologia da universidade wesleyana, por acaso mora em frente e soube pelo porteiro. A mudança já saiu, e parece que a secretária eletrônica já dá o novo endereço. É um furo ab-so-lu-to!

— Gente! Essa é uma fofoca com PH! Edelweiss vai pirar! — E depois de uma pausa: — E o pobre do Antero? Ele praticamente inventou esse bofe!

— *C'est la vie, mon cher...* Ficou a ver navios. Por mim, quero que se dane. Sempre achei um metido a besta. A vida inteira me esnobou, fingindo que não me via. E olhe que até estudamos juntos. Certo dia...

— Querido, agora tenho de desligar para avisar a coluna. Obrigado, viu? Quando precisar, é só telefonar...

Mas a verdadeira história não foi exatamente a que o porteiro contou ao professor, que passou para o dentista, que telefonou para o informante, que comunicou à jornalista. Na época circulou que, seis meses antes, numa noite de inverno, ao voltar de um *check-up* médico de rotina, o meticuloso Antero teria reparado num detalhe que escaparia aos menos sensíveis: o parceiro não ficava mais excitado antes de tirar a roupa, como no início do relacionamento. "Há quanto tempo isso vem acontecendo sem eu perceber?!", inquietou-se. A partir daí, nada voltou a ser como antes. "Nem sente mais tesão espontâneo. Será que tô ficando velho?", refletiu com tristeza, no apogeu dos 39 anos. Acontece que amava o amigo cada vez mais, cada vez mais para sempre.

Chegou então à conclusão que, para o bem dos dois, era melhor a separação. O pássaro estava pronto para voar. Mas como fazer isso, delicadamente, se Douglas não parecia perceber nada, continuando a seu lado, tão solícito e... tão assíduo? Diante da sua frieza progressiva, que só o próprio Antero julgara imperceptível, o rapaz, rejeitado e ciumento, chegara a reclamar, como um cliente mal atendido.

— Impressão sua... Depois passa — mentia o fotógrafo, evasivo e distante.

A melhor solução, decidiu, era fazer o amante se apaixonar por outra pessoa e deixá-lo. Numa boa, com futuro garantido. E isso foi planejado com a mais minuciosa estratégia, digna de um gênio militar.

"Melhor mulher, para não haver confronto ou comparações. E com grana, para garantir o futuro do rapaz, que ele merece."

Mas quem?! Antero percorreu diversas vezes sua lista de endereços em busca de uma amiga disponível. Espremeu o cérebro como uma laranja para extrair qualquer informação que fosse útil nessa empreitada. Zélia Simões, a embaixatriz do Planalto Central no *café society* carioca? Não teria coragem para enfrentar a opinião pública. Nelly Nigriti, a genial pintora naife de Santa Teresa? Bem que ela ia querer, mas está arruinada, é tudo fingimento e ostentação. Deborah Randau, supereconomista e executiva de sucesso, tipo *belle juive*? Fora de cogitação, muito careta e autoritária. Clementine Roxo? Puta, reputa e repuputa. Jocasta Negrão de Ficelles? Ninfo. Marina Moreno, ex-horizontal do eixo Paris-New York? Viciada em jogo. Candinha de Fátima? Drogada reincidente. Monique de Lozada, nascida Ingeborg Dahlbeck? Traficante de luxo.

Terminava a seleção da próxima exposição da Diafragma, dedicada a Emerico, fotógrafo da Companhia Walter Pinto de Revistas. Juntando o sorriso de Mara Rúbia, as pernas da Virginia Lane e o violão da Nélia Paula, Antero, como um escritor ou pintor todo-poderoso, brincava de criar a mulher ideal. Estava imerso nesse divertimento quando chegou o convite para a festa anual da condessa Torlato-Favrini, que sempre abre a *saison* carioca na sua sensacional cobertura da Avenida Atlântica uma semana antes do Réveillon.

Na hora marcada, compareceu chiquérrimo com seu terno de linho de Positano e Douglas com uma túnica Mao Tsé-tung de seda imaculada. A anfitriã, sempre simpaticíssima e ansiosa, de tanta plástica acabara parecida com um Picasso da fase Dora Maar. Havia gente de todo tipo, de respeitáveis socialites a expoentes do *underground*. Champanhe e drogas leves corriam soltos, ao som do disco dos sambas-enredo das escolas do ano. Lá fora, um magnífico pôr do sol assegurava estarmos no Rio de Janeiro.

— *Conosce* Clarinha Ramos e Castro, *carissimo*? — cacarejou a condessa, trazendo pelo braço uma ruiva interessante e magra, com os belos olhos verdes exoticamente debruados com negro delineador.

Já se conheciam de nome, e bastaram cinco minutos para se tornarem amigos de infância. Conversaram como matracas durante toda a festa. Enquanto Douglas frequentava outro grupo, Antero exaltava suas qualidades. Uma hora depois, decidiu: "é a mais forte candidata até o momento". Na saída, deu-lhe carona, fazendo questão de deixá-la sentar-se ao lado do companheiro. E descobriu que não havia mais volta por não sentir ciúmes ao surpreendê-la piscar para Dodô com o rabo do olho. Mas faltavam duas coisas: investigar o passado dela e fazê-la se interessar pelo outro, a ponto de assumir a relação. Tinha de agir rápido.

No dia seguinte, telefonou a Deus e o mundo atrás de mais detalhes sobre a nova amiga. Isso demanda uma arte. Certas pessoas não contam nada se abordadas diretamente; é preciso inventar uma historinha. Outras já possuem o dom da intriga: basta um peteleco e soltam logo o verbo. Existem ainda os historiadores informais, que sabem tudo, mas só falam se estiverem inteirados do objetivo da consulta. Alguns até cobram. Não é um trabalho fácil. Gastou nisso toda a manhã. Exausto, fechou os olhos para recapitular.

Maria Clara Imaculada d'Altos Ramos, quase sessentona, mas aparentando muito menos. Carioca. Filha de um famoso político do Espírito Santo com a herdeira de um industrial alemão. Ex-manequim dos anos dourados, contemporânea das lendárias Vera, Ilka, Geórgia e Mila, com o pseudônimo de Zelda (isso pouca gente lembrava). Três vezes casada. Com um semi-Matarazzo, um Gutierrez Montezuma del Toboso (da aristocracia mexicana) e finalmente um Teixeira e Castro, do qual estava num processo acelerado de divórcio amigável. O filho mais velho mora com o pai em São Paulo. O segundo estuda em Londres. Ela cuida dos caçulas, gêmeos de 14 anos. Dona da butique Chez Madame, especializada em perfumes importados. Sólida situação financeira. Bons quadros nas paredes do apartamento em Ipanema. Casas na serra e na praia. Sem grandes vícios de caráter, fora uma estranha compulsão em separar casais homossexuais, o que realizava como uma missão na vida. Parecia feita por encomenda.

Dois dias depois, pela manhã, surgiu de surpresa na loja dela, muito animado.

— Tive uma ideia genial! Uma exposição sobre a moda brasileira dos anos 1960! Guilherme Guimarães! Denner! Zuzu Angel! David Zingg! Rhodia!

— Maravilha! Sabe que eu tenho bastante coisa? E, o que faltar, a Maria Augusta... Já fui maneca, sabia?

— Pois eu não sei?... Vim exatamente te convidar para fazer a curadoria. Não precisa se preocupar com nada, o Douglas faz toda a produção, ele é ótimo nessas coisas...

Ela acabou cedendo. E assim foi se enrolando, pouco a pouco, na grande teia. Por outro lado, em casa, Antero, cada vez mais frio com o amante, só falava bem dela, que convidava para jantar duas ou três vezes na semana. Falavam do projeto, bebiam licores, ouviam música. De repente, um telefonema estratégico tirava o anfitrião da sala por cerca de quarenta minutos, deixando os dois a sós. Finalmente um dia, ao voltar, Antero encontrou a sala vazia.

Douglas voltou tarde da madrugada e foi recebido por uma cena de ciúmes daquelas, ao molho de lágrimas de crocodilo. As desculpas não fugiram do clássico: Clarinha o convidara de repente para assistir ao último Almodóvar, Antero estava num telefonema que parecia tão importante... Achou que não havia nada de mal em concordar, já que iam trabalhar juntos... Esticaram numa pizzaria da moda... Depois foram dançar.

— Guarde essas desculpas esfarrapadas para você mesmo — foi a frase melodramática que desencadeou o incidente.

Da surpresa e da humilhação, Dodô explodiu, passando ao ressentimento escancarado. Berrou que o companheiro de tantos anos já não gostava dele, que evitava o sexo, parecia estar com nojo, e por aí começaram as cobranças. Quase partiu pra cima do outro. Antero se manteve gelado.

No dia seguinte de manhã, atrás da porta, surpreendeu o amigo ao telefone, contando o caso para a suposta rival. Viu que tinha ganhado a parada. Do outro lado da linha, Maria Clara não se conteve e balbuciou com voz rouca:

— Pega suas coisas e venha pra cá i-me-dia-ta-men-te.

Estava feito. Desde que vira Douglas pela primeira vez, fazendo *cooper* na Lagoa, ela cismara: "Esse aí vai ser meu!". Foi a própria Torlato-Favrini quem se ofereceu para apresentá-la ao Antero, estrategicamente o caminho mais curto para cercar o objeto do desejo. "Primeiro envolver o veado, que pode ser perigoso, para depois chegar ao garotão", recapitulou. Se funcionou em Ravelo, quando abiscoitou o *escort* brasileiro daquele escritor americano, por que não iria funcionar aqui no Rio, essa província? "São favas contadas, ou não me chamo Maria Clara Imaculada, *gourmet* de homem!"

Na festa da condessa lançou sua isca, e, ingênua como só uma mulher pode ser, acreditou piamente ter conquistado Antero com seu papo inteligente e levemente irônico. A ideia da exposição trouxe a oportunidade, e agora estava fascinada por ter novamente um corpo jovem e quentinho ao seu lado. "Chega de milionários borocoxôs! Viva a juventude e o pau duro!" Deu um pequeno grunhido de prazer. O bofe já devia estar a caminho. Arrumou-se um pouco e resolveu folhear o jornal enquanto esperava. Na segunda página, gelou. Numa famosa coluna, leu o seguinte:

Maria Clara Ramos e Castro e Dodô Soares, sob o patrocínio de Antero do Vale, serão os responsáveis pela exposição Fashionable Sixties, *sobre a moda brasileira nos anos 1960. Em breve na Galeria Diafragma, em pleno bochicho de Ipanema. Aguardem.*

Estava criado um incidente diplomático. As partes teriam de se falar, para evitar um escândalo. Não havia como fugir. Minutos depois, chegou Douglas, com duas sacolas de couro. Só contou para ele à noite, depois de uma tarde de diversões carnais, que ninguém é de ferro. Decidiram telefonar no dia seguinte. Antero foi muito compreensivo, agradável mesmo, só insistiu numa coisa. Encontros separados com cada um dos dois pombinhos. E assim foi feito.

Do alto de seu pedestal, sob um céu ameaçador e música épica, destinou a Maria Clara apenas quinze minutos, nos quais ela mal teve oportunidade de abrir a boca. Saiu com lágrimas nos olhos. Não transpirou nada dessa conversa, salvo que o projeto da exposição continuava de pé. Com o ex-namorado o clima foi outro, nostálgico como um pôr do sol em Acapulco, ao som dos boleros e mambos que cantam amores perdidos. *Mise-en-scène* meticulosa, em que uma parte da conversa foi assistida por Rogerinho Posto 6, notório biscate de salão, que jogava paciência, aparentemente distraído, numa mesinha da varanda. A preocupação do anfitrião foi basicamente transmitir uma sensação de segurança. Douglas voltou irritado com a ironia do amigo, que em tudo espetava seus alfinetes de ouro. Isso o aproximou ainda mais de Maria Clara, que fazia a liberal/compreensiva, toda ouvidos.

Apaixonado pelo seu guru, mas simultaneamente magoado com suas recentes atitudes, Dodô resolveu encarar o *affair* Maria Clara como uma maneira de punir Antero. "Daqui a uns quinze dias ele pede arrego, eu volto, e tudo continuará como antes", decidiu, adepto da máxima "ciúme, tempero do amor". Não previu nenhuma outra possibilidade.

Enquanto isso, depois de tudo acabado, Antero se retirara pra casa de um amigo em Angra dos Reis, onde mandou desligar o telefone. Faleceu 48 horas depois, de falência múltipla dos órgãos, sob o efeito anestésico da morfina, depois de ditar o testamento. Seu médico particular, doutor Aluísio, revelou que o falecido descobrira um câncer terminal havia seis meses e recusara qualquer tratamento, para morrer "com cara de gente", segundo suas próprias palavras.

No São João Batista, na beira do jazigo perpétuo, o advogado testamenteiro entregou a Maria Clara e Dodô dois pequenos envelopes lacrados. No dela havia apenas uma simples frase: *Mulher, cuida bem da herança que te deixei*. No outro, um resumo de toda a história (fonte principal desta narrativa), terminando com um clássico *tudo isso é para provar como sempre te amei*.

Durante o inventário, confirmou-se Douglas como herdeiro universal. Tinha agora patrimônio suficiente para ser aceito sem maiores restrições na sociedade. A exposição foi um sucesso de público e crítica, com a presença de *tout* Rio. Logo depois, o casal embarcou para uma rápida lua de mel em Barcelona.

O plano de Antero acabou assim, coroado num sucesso absoluto, eficiente e discreto. Uma obra de arte, sem a menor dúvida, pérola sem jaça digna de um tesouro oriental, provando que gente fina é mesmo diferente dos outros mortais. Se existem deuses no céu, o que cuida do enredo das nossas vidas possui com certeza uma elegância requintada. Merece flores, incenso e mirra. Mesmo que exija, vez por outra, sacrifícios humanos.

MOEDA DE TROCA

Depois de um porre de caipirinha numa festa de jornalistas, Celsinho Azambuja, colaborador oficial da coluna de Edelweiss Devilish, acordou filosófico. Pendurou-se na varanda de seu apartamento no terceiro andar de um pequeno prédio do Leblon. Na maltratada calçada defronte, três mendigos cochilavam no delicioso sol da manhã. Pareciam lagartos numa pedra. Um mulato maduro, alto e forte, com um bigode meio grisalho e a tatuagem de uma sereia no ombro. O segundo, bem mais moço, era branco e vestia os farrapos de uma pelerine de plástico amarelo berrante, tipo capa de chuva. Mas foi o terceiro quem chamou mais atenção. Trajava uma combinação cor-de-rosa de mulher sobre a bermuda suja. Dormia no canto da parede, dentro de um carro de rolimã, abraçado a um saco de plástico cheio de bugigangas. Os outros dois, no chão, como cães de guarda, faziam uma barreira entre seu exótico companheiro e os passantes da calçada.

Celsinho teve imediatamente uma das suas ideias brilhantes. Uma reportagem no caderno de moda do jornal sobre o estilo-mendigo, com fotos sensacionais que mostrassem a inventividade e o improviso da população de rua! A trinca que tinha diante dos olhos era perfeita para os modelitos. Trocou o robe japonês por uma bermuda e desceu.

— Bom dia.

Não houve resposta. O mulatão tatuado e o branquinho ficaram olhando, entre o espantado e o agressivo. O terceiro, lentamente, abriu um olho só, para observar se havia perigo, e voltou a fechar.

— Queria falar...

— Então fala, porra. Desembucha.

Quem respondeu foi o da camisola, com voz arrastada de falsete, abrindo agora dois olhos sestrosos, que eliminavam qualquer dúvida sobre sua opção sexual. Num lance rapidíssimo, detectou no jornalista um semelhante, ainda que separado pelo abismo das classes sociais. Puxou o cabelo para trás, deixando ver a tatuagem grosseira de uma cobra em volta do pulso direito, a cabeça mordendo a cauda.

Foi assim que Celsinho Azambuja conheceu esses três exemplares da fauna encantadora das ruas, que para si mesmo chamou de "Três Mosqueteiros". Pirata, o mulatão, 48 anos, ex-marinheiro, conheceu outros países, depois caíra na sarjeta "por causa de uma vadia". Fininho, o magricelo, tinha 23 e era de Tribobó, lá pras bandas de Niterói, e fora expulso pelo pai porque enchia a cara desde os 12 anos. O terceiro se apresentou como "Dona Flor e seus dois maridos". Depois caiu numa gargalhada exagerada, que mostrou dentes maltratados.

— Maria José — falou, revirando os olhos com malícia.

Celsinho o encarou, frio.

— Desculpa. José Maria.

Deu mais uma relinchada. E mais não disse.

— Sou jornalista e...

Pirata fez um gesto significativo com os dedos e falou com a voz rouca dos bebedores contumazes:

— Pinta dindim?
— Qual é a dessa peça?
— Entrevista.
— Só com a grana na mão.
— Não aceitamos cheque.
— Não é entrevista. São fotografias...
— Pior ainda.
— Por que o seu jornal quer fotografar gente como a gente?
— Vai ver é alguma campanha contra.
— Moda. Caderno de moda? Sabe o que é?
— Quer dizer que vou aparecer linda e maravilhosa?
— Isso não vai sair barato pro senhor, não.

Depois de muita negociação, toparam posar pro jornal por uma quantia irrisória e desapareceram na direção do Canal, levando a Zé Maria refastelada no carrinho, entre os trapos e os remendos que serviam de acolchoado.

Debaixo dos refletores, contra o muro caiado de um terreno baldio, o trio não funcionou tão espontaneamente. Como era de esperar, não eram pessoas fáceis. As fotos ficaram apenas passáveis, em vez de ótimas. Muito exageradas, com a exceção de uma. A reportagem interna foi cancelada, mas esta foi escolhida para ilustrar a capa do caderno, e ponto-final. Transmitia um erotismo debochado. Enquadrava Pirata e Fininho ladeando o rolimã, onde Zé Maria posava como uma Cleópatra de cinema mudo. Pareciam dois pescadores a exibir orgulhosos seu troféu, um peixe raro pescado em águas turvas. Antes de raiar a madrugada, ainda na oficina do jornal, já se comentava o atrevimento, com partidos pró e contra. Um sucesso editorial.

No dia seguinte, Celsinho foi acordado bem cedo por uma algazarra debaixo da janela do seu quarto. Eram os Três Mosqueteiros, bêbados de euforia, sacudindo o caderno do jornal onde eram a capa. Ele acenou e voltou a dormir.

Mas não se livrou deles assim tão facilmente. Cada vez que saía, era obrigado a cumprimentar ou trocar palavras com algum da trinca. Pediam dinheiro e se intrometiam nas conversas dele com o porteiro ou quem mais que fosse. Já se passavam duas semanas. Estavam ficando inconvenientes.

Subitamente, tudo se transformou.

Certa manhã, quando se esgueirava para comprar pão, já sentiu falta da presença deles no trajeto até a padaria. Respirou aliviado, como o prisioneiro que deixa a cadeia depois de uma longa pena. Quando voltou, o caminho continuava desimpedido. "Deus existe. Isso é uma prova", remoeu.

Ledo engano. Três dias depois, quando estava bem distraído bebendo chope no boteco da esquina, reapareceu o Zé Maria. Mas um Zé Maria meio diferente, de banho tomado, barba feita e roupas limpas. Parou diante dele, que a princípio não reconheceu.

— Sou eu mesmo, seu Azambuja. O Zé Maria...

Celsinho deu um risinho amarelo.

— Por causa daquela fotografia, minha vida virou de ponta-cabeça.

— ?!

— Não faz essa carinha de inocente, não. Tu é o culpado!

O jornalista fez um gesto evasivo.

— De tudinho o que aconteceu comigo.

Achou mais conveniente mudar o rumo da conversa.

— E seus dois amigos, como vão?

— Ficamos famosos por causa da fotografia. A polícia deu em cima. Pirata e Fininho pegaram a grana que o senhor deu, a parte deles, e foram morar no Aterro. E ainda me trocaram pela Berré, feia pra dedéu, que não toma banho há mais de ano, só porque ela tem uma xereca e eu, não. Ingratos!

Fez que ia choramingar, mas parou no meio. Bateu com a mão aberta na própria bunda, como se fosse a anca de uma égua.

— Mas tá assim de gente me querendo!

— Você parece bem melhor.

— Graças a Deus. Eu peço muito a Ele, o senhor sabe?

— Sei, não. Como é que é isso? Entra aqui e toma um chope. Eu pago.

Meia hora depois, sabia toda a vida do Zé Maria. Como perdeu a família num temporal na Rocinha. Depois os três anos na Febem, donde dera baixa com a maioridade. Fugira do serviço militar e preferiu mendigar a trabalhar formalmente. Estava com 24 anos e aparentava 19. Cabelo anelado de pintura de Caravaggio.

— Comecei mendigando lá no Centro, na Santo Antonio dos Pobres, a igreja, sabe? Na Rua dos Inválidos. Um ponto bom. Depois tentei trabalhar de guardador de carro na Catedral, mas num deu. É uma máfia, pode acreditar o senhor. Tenho pavor a trabalho. A gente rala rala e depois ganha aquela merreca. Logo descobri que os cara que se davam bem na rua tinham um carro de rolimã, grande, pra servir de cama, armário e transporte. Tinha de arranjar o meu. Como é que eu fiz?

Celsinho não tinha a menor ideia.

— Vendi o rabo nas roda de catador de lixo do Aeroporto. Nessa época eu já sabia dessa minha sina. Fui um dia de noite procurar eles. Vi de longe um grupo em volta de um foguinho tomando café. Cheguei lá e comecei a dançar feito uma maluca, não tinha nem música. Meio provocante, o senhor sabe como é. Logo eles foram se interessando. O povo da rua é muito chegado, quase não pinta mulher. Foi moeda de troca...

— A carne é fraca.

— Em mês e meio comprei o carrinho e vim pra Zona Sul. É bem melhor, sabe? Muito idoso, turista, restaurante, rola mais grana. E menas violência. Foi aí que eu conheci o Pirata e fui ser mulher dele. Me ganhou num jogo de ronda disputando com o Chiquinho Ferro-Velho. Vim aos poucos: Aterro do Flamengo, depois Copacabana. Então pintou o Fininho. Agora tô aqui no Leblon. Seis meses. Mas nem sei mais. Vendi o carrinho prum pessoal do Jardim de Alá. Já tô nessa há uns dois dias. Livre!

— E pra sobreviver?

Zé Maria deu um riso malicioso.

— O senhor não conhece a rua. Hoje mesmo tomei banho na garagem do seu edifício. Aquele porteiro branquinho, há tempo que eu flagro ele me olhando quando pensa que tô distraído. Fui lá e pedi pra tomar banho. Ele disse: "Só deixo se puder botar nesse lombo". Aí eu deixei, né? Moeda de troca. Embora ele seja muito feio. Prefiro o peludão da padaria, o Antônio. Lá eu posso comer do bom e do melhor, em troca de umas brincadeiras. Todo mundo quer traçar o veado que apareceu no jornal. Ganhei até roupa nova. Mas logo, logo vou sumir daqui também.

Celsinho ficou com essa história na cabeça durante quase um mês. Nesse meio-tempo o Zé Maria sumiu de circulação. Decidiu investigar. Perguntou ao jornaleiro, ao padeiro, ao guarda noturno. Ninguém sabia picas. A última vez que foi visto, por um menino de rua, entrava num ônibus refrigerado. Nunca mais apareceu no bairro.

*****

Vários meses depois, numa noite de carência, Celsinho foi parar nas termas Pica-Pau, nas encostas de Santa Teresa. Entrou. O ambiente parecia deserto. Entre muita fumaça e cheiro de eucalipto, foi aos poucos percebendo os corpos nus de rapazes musculosos que o observavam em poses estudadas e sensuais. Parecia uma coreografia. A cada gesto seu ou mudança de posição, todo o grupo também se rearrumava, sincronicamente. Isso durou alguns minutos, que pareceram séculos, até a chegada do cliente seguinte, que passou a ser o centro do estranho balé.

Em outra sala, cerca de uma dúzia de homens (alguns nus em pelo, outros enrolados em toalhas como senadores da Roma Antiga) se aglomeravam diante de um pequeno palco. Misturou-se no meio deles, admirando o espetáculo. Dois belos garotões completamente nus, um louro e um preto, peles reluzentes de óleo, simulavam uma luta, tendo por trilha sonora uma orquestra afro-cubana. Eram magníficos. Belas bundas, lindas cacetas, peitoral, coxa e tudo o mais. Menos os rostos, animalescos em sua burrice assustadora. O conjunto lembrava aqueles deuses egípcios de cara de bicho ou uma dupla de minotauros. Foi quando alguém o cutucou levemente na região do fígado.

— O senhor não toma jeito, hein, seu Azambuja?!

Era o Zé Maria, vestido de garçom, talvez garçonete, digamos garçoa. Tapa-sexo de lantejoulas na parte posterior, coberto por um aventalzinho de babado, as costas e o traseiro arrebitado inteiramente à mostra. Na cabeça, uma tiara de rendinhas. E uma bandeja na mão.

— Me traz um gim-tônica.

Isso feito, afastaram-se um pouco para conversar.

— E a rua?

Zé Maria deu uma gargalhada.

— Ficou pra trás, coitada. De vez em quando sinto saudade. Mas pouca. Aqui paga uma merdinha, quase um nada. Mas pinta muito programa. Tá assim de paulista, estrangeiro, japonês... Dá de tudo.

— Como veio parar aqui?
— Uma bicha me encontrou na rua e deu o toque. Nunca vi lugar mais esquisito. Tem dia, de manhãzinha, depois que sai o último freguês, que o pessoal da limpeza encontra cabine onde o chão é sangue puro. Fora os que gostam da sacanagem mais pesada. Nem sabia que existisse certas coisas.
— Que coisas? — indagou o outro, fingindo-se de inocente.
— Desde que eu cheguei aqui, seis meses atrás, já morreram dois. Um de tanta porrada, outro do coração. Esse era uma maricona velha, um tal de cônsul-geral. A casa tem um acordo com a polícia e não sai nada no jornal. O senhor sacou a barra, né? Mas dá pra fazer uma grana. Chove homem.
E, baixando a voz, quase sussurrante.
— Por que será que sempre onde pinta cu, pinta grana?
— Nunca tinha reparado — mentiu.
— Tô morando aqui perto, na Glória. Com o Bira, numa quitinete.
E vendo a cara de interrogação de Celsinho:
— É o cara que me protege.
— Tá enrabichado?
— Me chamando de otário? Sem essa de apaixonar! Só dou o que eles pedem. Cu é moeda de troca. Meu único objetivo é a grana!
Não foi um encontro muito agradável. Zé Maria estava deslumbrado com sua nova posição de mulher de todos. Começou a descrever suas conquistas com detalhes escabrosos, num tom suficientemente alto para ser ouvido a uma boa distância. Parecia o catecismo de um Carlos Zéfiro gay. O sorriso agora perfeito em sua boca atestava que essa nova vida ia de vento em popa. Logo uma trinca de vorazes admiradores se aproximou. Pareciam hienas em torno da carniça. Dava a impressão de que algo muito estranho ia acontecer em poucos minutos.

Por medida de precaução, Celsinho retirou-se. Perderam-se de vista mais uma vez.

*****

Uma bela noite, voltando de uma galinha ao molho pardo na feira de São Cristóvão, numa esquina apertada das ruelas internas desse labirinto nordestino, algo inusitado lhe chamou atenção numa barraca de artigos típicos (o que inclui uma enormidade de coisas que vão de berrante de chifre retorcido a queijo de coalho e mel de abelha). Discreto, com um chapéu de palha meio que escondendo o rosto, o vendedor fumava soltando lentamente a fumaça pelo nariz. Achou que o conhecia de algum lugar. Curioso, aproximou-se e fez uma pergunta banal sobre o preço do melado. Seus olhares então se cruzaram.

— Zé Maria!

O outro foi discreto, tímido, praticamente gelado.

— Como vai? Já tinha reparado no senhor. Aqui não dá pra conversar. Depois eu explico. Me espera na outra rua, defronte do palco. É por ali. Já, já eu vou lá.

Por ser mesmo a direção pra onde ia, Celsinho, movido pela curiosidade, resolveu fazer o que lhe fora recomendado. Menos de cinco minutos depois, surgiu o outro, esbaforido. Encostaram no balcão de um boteco e pediram cerveja. Ou melhor, Celsinho pediu uma cerveja e Zé Maria, água mineral sem gás.

— Não dá pra beber na hora do trabalho.

— Você tá muito mudado.

— Põe mudado nisso.

— E o Bira?

—Aprontou. A polícia prendeu ele. Carro roubado.

E desembestou a falar tanta coisa que nem dá para lembrar de tudo.

— Enjoei de trabalhar nas termas, a mente do ser humano é muito suja. Um dia, o cliente quis me obrigar a comer a bosta que ele cagou. Já pensou? Botei a boca no mundo, fiz um baita escândalo. O cara era poderoso e acabei no olho da rua. Fui parar em Niterói. Mas dei sorte. Conheci um senhor nordestino na Estação das Barcas. No banheiro, né? Eu tava lá como quem não quer nada e ele veio de papo. O Raimundo tem mulher e filho no Ceará, o que eu acho um luxo, pois prova que é homem com H! Me reconheceu por causa da fotografia, vê como são as coisas, não sei quanto tempo depois. Resultado: montou casa pra mim e me empregou na barraca dele. Tudo em troca o senhor sabe do quê...

Deu um suspiro do fundo da alma e continuou a matraquear:

— Verdadeira escrava, isso é o que eu sou. Trancada em casa, vigiada aqui, por tudo que é canto. Não posso falar com ninguém, dar uma risada, uma pinta, soltar uma pluma... Diz que é pra ninguém desconfiar, eu posso? Como se a feira inteira não soubesse... Esse homem não me larga. Já quis até me bater. Apesar de uma certa idade, quer foder toda santa noite. Não há rabo que aguente. Acho que não gosto dele, não. Mas uso. E abuso. Logo, logo vou pular fora, se Deus quiser.

E pôs-se a narrar os bons e maus momentos de um casamento, e como a vida pode ser boa e má ao mesmo tempo, e que estava incerto se era melhor um marido na mão que dois gostosões voando, mas que agradecia a Deus por lhe ter dado um cu de veludo, assim podia usá-lo como moeda de troca e subir na vida. Confessou que não sentia prazer em ser enrabado, nem dor. Exercia essa atividade como um trabalho, um dever de casa, e não se arrependia de nada porque tinha pavor ao batente, tal e coisa, e por aí foi, incessantemente, ofegantemente, mão do pescoço, até que, subitamente, apavorado com alguma coisa que viu, emudeceu.

Celsinho quase deixou escapar um "ufa!" de alívio.

Zé Maria olhava pra frente com os olhos esbugalhados. Um homem de idade indefinida, cabeça chata de sertanejo, cabelos ralos e grisalhos, olhos maus de suçuarana, cordão, relógio e anel de ouro, mão no bolso, acariciava o membro por debaixo da calça larga, olhando fixamente pra ele com censura. Sem se despedir, o Zé correu na direção da qual tinha vindo, desaparecendo no meio da multidão. Raimundo (só podia ser ele) tirou uma peixeira do bolso e fez na direção de Celsinho o gesto desafiador de corta-goela. Este, encabulado, desviou o olhar por alguns instantes. Quando retornou, o homem desaparecera. Tomou sua cerveja apressado. Ao sair, não resistiu à curiosidade e, indo por outro caminho, espreitou o casal atendendo turistas na barraca, como se nada tivesse acontecido.

*****

Passou bastante tempo. Por motivos profissionais, Celsinho Azambuja mal parava no Rio. Vivia no circuito São Paulo-Brasília-Salvador em eventos de moda, lançamentos de livros, aeroporto, inaugurações de hotéis e boates, aeroporto, congressos disso e daquilo. Aeroporto, aeroporto e aeroporto. Essa vida vertiginosa o levou a esquecer o Zé Maria, embora a tal fotografia ainda ocupasse um lugar de honra no seu portfólio profissional.

Foi em Cumbica, num final de tarde chuvosa, no outono. Lia um jornal enquanto esperava a chamada do seu voo. Sentiu sono e, para manter-se desperto, divertia-se em observar os passantes. Menininha dentuça com cara de chata tiranizava a jovem mãe, ainda bela, mas sem energia. Velho em cadeira de rodas empurrada por enfermeira boazuda, mulata para trezentos talheres. Granfa chiquérrima procurando alguém com olhar *blasé*. Só faltava o monóculo. Três aeromoças orientais. Dois turistas americanos, um carregando uma prancha de surfe. Um africano passou, de fêz e bubu. Um cara de bigodinho parou diante dele. Olhava em torno lentamente, com precaução. Estava pegando.

O alvo era um rapaz de uns 20 anos que juntava os carrinhos de bagagem numa fila, enfiando um no outro, como um trenzinho. Este, ao se perceber observado, tornou-se sestroso. Coçou o saco e, depois de olhar em torno e fazer um sinal discreto e convidativo com a cabeça, entrou no banheiro. Pé ante pé o do bigodinho foi atrás. Celsinho se divertia na cômoda posição de espectador, quando viu dois caras de terno preto e óculos escuros também entrarem banheiro adentro, com passo firme. "Vai pintar sujeira." Não deu outra. Logo ouviu uma violenta discussão. Pessoas paravam diante da porta, intrigadas. Um homem gordo saiu, prendendo o riso. Foi logo cercado pelos curiosos. Uma mulher grávida, com um sorvete na mão, assistia a tudo, estatelada. A gritaria continuava. Celsinho levantou-se decidido e entrou no banheiro. Viu o homem de bigodinho, seguro pelo braço por um dos caras de terno. O outro revistava o garoto.

— Isso não vai ficar assim, não! — protestava Bigodinho.

— É flagrante de atentado violento ao pudor — disse um dos canas, e para o garoto: — Tu é de menor?

O garoto balançou a cabeça negativamente.

— Podemos entrar num acordo e aliviar vocês.

O típico golpe do suadouro. Nesse momento, Bigodinho soltou o braço, meteu a mão no bolso e tirou a carteira, que exibiu aos dois supostos policiais. Ambos pararam, indecisos. Aproveitando o vacilo, o garoto fugiu. Um dos homens de preto virou-se para Celsinho:

— Perdeu alguma coisa? É melhor se picar, vai. Assunto particular.

Celsinho ficou frio da cabeça aos pés. No pulso do Bigodinho pôde ver a canhestra tatuagem da cobra mordendo o rabo. "Zé Maria!", pensou sem ter coragem de falar. Mas o outro notou que fora reconhecido.

— Vai sair ou não vai?

Voltou ao antigo lugar, donde mantinha um ótimo panorama geral. O número de curiosos dobrara. Minutos depois, os três homens saíram do banheiro, conversando animadamente como se nada tivesse acontecido. Cumprimentaram-se e os de terno preto foram embora.

— Perderam alguma coisa por aqui? — ainda perguntou um deles aos curiosos com agressividade. — É melhor circular, minha gente. Vamos circular, vamos...

O grupo se dispersou instantaneamente. Nesse momento o alto-falante anunciava um voo para Brasília. Ao passar por Celsinho, Zé Maria piscou-lhe o olho e aproximou-se:

— Desculpe o mau jeito, seu Azambuja.

— Então é você mesmo, Zé Maria!

— E quem mais havia de ser? Eu mesmo por mim mesma!

— E como vai o maridão?

— Raimundo?! Um ingrato. A muié chegou de Fortaleza e o desgraçado me botou pra fora de casa, sem um pingo de consideração, com a roupa do corpo!

— Então você não está bem?

— Muito bem. Muito bem mes-mo! Voltando pra Brasília... Agora moro lá. Tava aqui em São Paulo só pra fazer uma operação. Mandei tirar as brincas. O maior especialista em rabo do Brasil, doutor Nagajima, mora em Campinas. Aproveitei e fiz logo um cu novo. Afinal, é a minha moeda de troca...

Deu uma gargalhada escandalosa.

—Trabalho em boate. Faço um número erótico com um rapaz baiano, Doinho do Pelô. Dou o rabo pra ele na frente de todo mundo, com uma música linda tocando no fundo. Ao vivo e a cores. Dura quase uns dez minutos. Três vezes por noite, todos os dias, menos segunda. Ele mete de verdade, mas ninguém goza. Foi muito bem ensaiado.

Celsinho refletiu: "Vivendo literalmente de dar a bunda". Mas falou outra coisa:

— E dá pra viver?

— Dá. E ainda sobra. Além da boate, tem os convites que pintam por fora. Tipo animação de festa, essas coisas. Fora outro tipo de programa. Político, filho de político, fazendeiro, militar, tudo na maior pouca-vergonha. E cheios da grana. Já tô lá há mais de ano. Mas logo, logo vou pular fora. Não sei ainda quando, mas vou. Não posso viver longe do meu Rio de Janeiro! Brasília não tá com nada. Mas, que Deus me perdoe, no Rio tá assim de veado! Donde veio essa gente toda? A competição é muito grande...

— E esse bigode, criatura?

— Pro boquete. Faz cosquinha no freguês. É a última moda.

No alto-falante, outra chamada pra Brasília. Zé Maria botou as mãos na cabeça.

— Merda! É o meu avião! — E depois, ofegante: — Vou ser sempre grato ao senhor por aquela fotografia. Sem ela eu ainda ia estar de rolimã no Leblon. Agora sou independente. Só faço o que quero. E só vou com quem me dá uma grana, e da boa. Tenho de me valorizar, não é mesmo? — Agora malicioso: — Se o senhor fizesse o mesmo, já era dono do jornal onde trabalha.

"Que atrevimento dessa bicha!", pensou Celsinho. Mas disfarçou.

— Mudando de assunto, e sem querer ofender, mas que carteirada foi aquela lá no banheiro?

O outro exibiu uma identidade da Agência Federal de Informações.

— Ganhei de um namorado. É falsa, mas dá pra enganar. E eu não tava fazendo nada, o garoto é que tava a fim. O senhor sabe, cu pra mim é só moeda de troca. Sem grana não tem conversa.

O alto-falante anunciou a última chamada pra capital. Não dava mais para esperar. Zé Maria despediu-se estabanado com um "Se for a Brasília, estou na boate Alvorada, não vá esquecer... Até a próxima!", correndo na direção do portão de embarque com seu passo miudinho. Celsinho mal teve tempo de lhe dar um abraço. "Criatura interessante!" A maioria dos homossexuais pagava caro pelo que ele recebia pagamento. E sem culpa. Celsinho sentiu um misto de responsabilidade e orgulho, como todo criador diante da criatura. "Afinal, dar o que é seu não é desdouro", suspirou aliviado. "E por que o agradável não pode também ser útil?" E voltou a ler o seu jornal.

O FIM DO NOSSO MUNDO

— Parece a cauda de um pavão! — comentou, fascinada, Eglantine Rodrigues de Suzá, a socialite de bochechas de silicone, com a nonagenária Lalinha de ***, uma das derradeiras sobreviventes da corja autoritária do Estado Novo.

Uma variadíssima paleta de cores, cuidadosamente arrumada, sugeria exatamente a plumagem dessa bela ave, que, dependendo da época e do país, já foi associada a vício, vaidade, beleza, eternidade e ressurreição. Mas era apenas o bufê da festa de despedida da condessa Eleonora Torlato-Favrini na sua espetacular cobertura na praia de Copacabana.

Sobre a toalha branca e uma porcelana idem, o vermelho vivo das talhas de melancia e dos *carpaccios* atenuava sua tonalidade ao passar do alaranjado dos gomos de tangerina cristalizados para o rosado das ovas e *sushis* de salmão e polvos e lulas, os amarelos variados dos queijos, fios d'ovos e quindins, e o branco das iscas de linguado, cocadas, suspiros e alfenins, cercados pelo verde frescor das saladas, melões e moscatéis. Ao lado, numa toalha levemente rosada e nas peças japonesas de cristal, o negro do caviar e das ameixas e azeitonas evoluía para o violeta das catleias, suplantado pelo roxo profundo das compotas de jamelão e açaí, que terminava abruptamente no artificialíssimo azul de uma centena de cravos tingidos. As bebidas eram outro arco-íris, do âmbar do uísque e do conhaque ao transparente da vodca, do gim e da cachaça. Novos azuis, vermelhos, roxos, verdes e amarelos tremeluziam diante dos convidados. No centro da mesa, e com a cauda inteiramente aberta, um pavão verdadeiro, empalhado. Só que imaculadamente albino, do bico à ponta do rabo, como se tivesse doado suas cores aos petiscos que o rodeavam. Ao fundo, por detrás da porta de vidro do terraço, o arquipélago das Cagarras e o Atlântico.

— O responsável deve ser o tal amaricado que ela trouxe do Maranhão.

— Logo vi. Ela não tem imaginação para tanto. Uma obra-prima!

— Vamos ver se é gostoso também — disse dona Lalinha, servindo-se de uma boa porção de caviar. Seus olhos arregalaram de prazer. — Bravo! Só queria saber como ela consegue essas coisas com todos aqueles aiatolás pavorosos mandando por lá! — arrematou, servindo-se gulosamente mais uma vez.

Caminhando na direção do terraço, o irreprimível Juca Jagger, sempre cercado por uma rodinha de admiradores, já meio tocado, respondeu com irritação à provocação de uma lambisgoia.

— Quer saber por que eu trepo sem camisinha e não pego Aids? Ora, querida, é muito simples: nunca dei meu cu pra bichinha.

Perto dali a delegada Dorita Dávila, *troppo* masculina, quase viril, entre baforadas de charuto cubano, contava casos pitorescos a Serginho d'Alençon, o príncipe de Ipanema, e Leopoldino del Rego, o árbitro da elegância, ambos feminíssimos.

— Acreditem os senhores ou não, é pura verdade. Aconteceu semana passada. No alto da ladeira do Livramento, atrás da Central do Brasil. O cidadão tinha 72 anos. Não era da área. Procurava uma parenta. Entrou na birosca quase na hora de fechar, pediu uma cerveja. Enquanto bebia, o dono e o filho arrearam as portas e curraram o velho. Ele apareceu na delegacia de manhãzinha, todo estrunchado. O que é a vida! Currado nessa idade! E era feio pra caramba, posso garantir. Eu vi. Essa cidade está ingovernável!

D'Alençon e Del Rego logo ficaram interessadíssimos.

— Onde é mesmo que fica essa birosca?

— Livramento. Barra-pesada. O dono fugiu. Mas posso facilitar aos senhores ver o filho, que conseguimos capturar. O cérebro é de criança, mas tem o corpo avantajado. Coisa de circo. — E frisando bem as palavras: — Tá numa cela sozinho, lá na delegacia.

— Estremeço só de pensar. Que tal depois de amanhã?

— E por que não logo amanhã?

Um pouco mais adiante, Fernandinho Cara-de-Mulher trocava ideias com Danilo Dumar, o festejado editor (presença bissexta na noite carioca depois de uma penosa viuvez não oficial), sempre reclamando da falta de tempo para ler os originais de novos autores que recebe para analisar, cada vez em maior quantidade.

— Devia dar graças a Deus, mulher! Isso é prova de sucesso!

— Mais da metade é gente doida. São poucos os escritores de verdade. E mesmo assim temos de ler todos, para não deixar escapar um possível gênio, que não vem nunca.

Naquele exato momento, passou por eles Lili Transilvânia, a relações-públicas mais odiada de Frívola City, seguida pelo seu pai de santo e guru, o negão Esmeraldino d'Oxum, gay assumido de mais de uma tonelada e papada tripla. Ela deu um beijinho falsamente cordial em Danilo, ostensivamente ignorou Cara-de-Mulher e seguiu adiante.

— Que mal-educada! Nem falou com você. Não se conhecem? — perguntou o primeiro, escandalizado.

— Pelo contrário. É exatamente porque nos conhecemos. Desde o tempo do ginásio. É uma espécie de queima de arquivo. Conheci os pais, gente simples da baixa Tijuca, e sei a idade verdadeira, que é pelo menos doze anos maior do que a que ela apregoa.

— Isso pra ela é imperdoável. Mas você não perde nada. Já não está mais com essa bola toda. Parece que essa moça nova, a Antuérpia Lupino, é muito mais competente. Veio decidida a arrasar. E não quer aparecer mais que os donos da festa.

Na ponta do terraço, como que encurralada, a anfitriã suava frio, detrás das inúmeras plásticas que a fizeram semelhante a uma pintura da fase mais radical de Pablo Picasso. Acabara de detectar a presença da colunista Edelweiss Devilish e de seu auxiliar Celsinho Azambuja. Eleonora era esperta. Depois de quatro décadas de farra entre a Côte d'Azur, o Caribe e o Rio, tinha aprendido muita coisa. Sabia que não era comum a presença de ambos numa mesma festa. O normal seria cada um cobrir um evento diferente. E naquela noite aconteciam pelo menos dois outros de igual fulgor. Em vez de considerar isso prestígio, ficou preocupadíssima. Farejou problema. Desde manhã andava de mau humor, por causa do barraco armado pelo decorador do bufê, um rapaz do Maranhão muito recomendado pela família de um senador amigo. Super temperamental, a bicha tinha subido nas tamancas por causa da cor errada dos cravos tingidos, que deveriam ser verdes, numa citação a Oscar Wilde, e não azuis. No meio do piti, quebrou, tinha certeza que de propósito, um cinzeiro caríssimo do tempo do governo Juscelino. Como boa italiana, a condessa respondeu à altura: recusou-se a pagar e ainda botou o carinha porta afora, aos berros. Ele saiu ameaçando: "Me aguarde!".

Edelweiss, pelo seu lado, viera tirar uma dúvida. Recebera a informação gravíssima de que a anfitriã não passava de um travesti de Veneza, de família riquíssima, mas plebeia. O Torlato-Favrini, que usava fazia tantos anos, seria inspirado num personagem do cinema americano. A denúncia dava até o nome civil do cidadão: Leonardo Constantino Commène, de uma família decadente da velha Bizâncio. Portanto, sentia-se no dever de verificar *in loco,* para eliminar qualquer dúvida. Trouxera o Azambuja para ajudar no diagnóstico. Edelweiss mordia os lábios enquanto pensava o que fazer, quando teve a satisfação de ver que a dona da festa caminhava na sua direção.

— *Quell'onore, darling!*

Beijaram as respectivas faces num movimento lento e quase solene, como duas rainhas prestes a assinar um tratado de paz, posando para a plebe ignara. Com efeito, quase todos os presentes tinham parado para assistir, ficando alguns segundos (tempo que uma demorou a chegar até a outra) em grande suspense. Agora podiam respirar, aliviados. Suas Altezas foram envolvidas pelo grupo formado por Azambuja, Lili e Esmeraldino. O clima era agradável, gênero amenidades entre gargalhadas. Mas a condessa permanecia apreensiva ao perceber no olhar da jornalista e de seu assessor um desconfortável brilho investigativo. Súbito, quinze minutos depois, viu-se a sós, ladeada pelos dois, que a conduziram para um canto estratégico. Sentiu que vinha coisa.

— Não sabia que os Torlato-Favrini descendiam dos Commène, querida — fulminou Edelweiss, com voz firme.

Eleonora quase enfartou. "*Vacca!*" Quase meio século de Rio de Janeiro e de repente, sem mais nem menos, uma pergunta dessas. "*Per ché?!*" Chantagem vinda de uma jornalista famosa? Improvável. Vingança? Veio-lhe logo à mente uma dúzia de nomes de possíveis candidatos. A condessa preferiu responder qualquer bobagem, enquanto, aflita, desenhava no ar com o lenço a senha combinada para que o chefe dos criados estrategicamente a interrompesse. "Seu" Antúrio, o velho português que ocupava esse cargo havia séculos, já vinha aflito com a má notícia que trazia. Aproveitou a deixa e se aproximou. Revelou, discreto o suficiente para não ser inaudível, que tinham interfonado da portaria avisando que um grupo de penetras burlara a vigilância e já estava no elevador. A anfitriã se afastou, nervosa, deixando a jornalista a ver navios.

— Ela estremeceu com a sua pergunta — crocitou Azambuja.

— Ainda tenho minhas dúvidas — silvou Edelweiss.

A condessa e seu mordomo correram para a antessala do elevador. Tarde demais. Os invasores já se misturavam aos convidados. Ao primeiro olhar, Eleonora detectou, além da já manjada Raissa Guilhermina – notória penetra de todos os acontecimentos da cidade, a ponto de sua presença ser considerada o barômetro do sucesso ou do fracasso de qualquer festa –, Mitzi Marocas, sirigaita classe B em busca de um programa classe A, e cinco ou seis jovens gays musculosos de bigode, vestindo camisetas iguais com um belo arco-íris em fundo preto, boné e calças militares de camuflagem. Antes que Antúrio pudesse fazer alguma coisa, o que parecia chefiar esse último grupo entrou na sala principal e soprou o apito que trazia pendurado no pescoço. O som estridente interrompeu todas as conversas e atividades. Começou então um enfadonho e *déjà-vu* discurso militante, com o objetivo de angariar fundos para passagens de avião para Brasília, onde a entidade Oitava Cor do Arco-Íris tinha audiência marcada com a Comissão de Justiça da Câmara dos Deputados.

— Reclamam de boca cheia. Ninguém mais persegue homossexuais. O que acontece é que estão saindo de moda — cochichou dona Lalinha para Eglantine de Suzá.

— Não sei como Eleonora convida esse tipo de corja. Imagina que outro dia vi um na televisão reclamando que o namorado não quer mais beijar na boca. Pudera! Quem sabe por onde eles andam enfiando a língua? Você não imagina do que essa gente é capaz...

E debruçou-se no ouvido da velha amiga a descrever, enojada, a mais abominável de todas as taras, na sua opinião. Mas dona Lalinha não se chocou.

— Ora, querida, isso já existe há muito tempo! Chama *feuille de rose* desde a época de Madame Chrysanthème e Paulo Barreto!

Eleonora decidiu finalmente botar um fim no comício da Oitava Cor. Colocou-se diante do orador e, na primeira pausa que esse deu para respirar, invocou em voz alta o direito da privacidade do lar. Para surpresa de todos, em vez de um grande bate-boca, a um novo apito de seu líder os arautos da Oitava Cor iniciaram uma espécie de performance. Cantando slogans, começaram uma breve coreografia de movimentos militarizados. Indignada, a condessa dirigia-se para a biblioteca e pegava o interfone para pedir ajuda quando foi atingida no pescoço.

A delegada Dávila, que cometera a imprudência de abusar das margaritas, confundira o gesto de um dos bailarinos, que segurava algo que lhe pareceu uma granada. Treinada em Israel, pensou logo num homem-bomba. Sacou a arma e atirou na mão do suposto terrorista. Devia ter ficado quieta no seu canto. A bala passou só de raspão e atingiu a condessa mortalmente. A tal granada, destruída pela passagem da bala, não passava de uma bolsa de confetes, que agora esvoaçavam, multicores. O estampido instaurou o terror. Alguns se abaixaram por instinto. Outros ficaram petrificados no mesmo local. Passaram-se alguns segundos antes que se dessem conta do que acontecera. Rompido pelo tiro, o colar da condessa desfiava lentamente, com as belíssimas pérolas barrocas ensanguentadas fazendo um ruído estranhíssimo ao rolar no chão de mármore, uma a uma.

Eleonora agonizava. O ferimento era gravíssimo. Deu alguns passos, entrou na biblioteca, deslizou no próprio sangue e tombou pesadamente. Alguns acudiram. Antúrio fechou rapidamente a porta para afastar os curiosos, isolando-se com o pequeno grupo dos que tinham corrido primeiro: Esmeraldino, Serginho d'Alençon, Danilo Dumar, a própria delegada e, é claro, Edelweiss. Esta não podia perder a oportunidade de desvendar o mistério. Era agora ou nunca. Debruçou-se sobre a moribunda.

— Quem é você, afinal? Homem ou mulher?

Todos os presentes, curiosíssimos, se acotovelaram para tentar ouvir esse diálogo, dito em tom quase inaudível. A condessa dirigiu-se ao mordomo.

— Mostra *a lei*, Antúrio. *Il mio segreto...* — ordenou.

O velho português, discretíssimo, levantou delicadamente o vestido preto da patroa, que não usava calcinha. Entre tufos de cabelos grisalhos, nas entrepernas da veneranda senhora, via-se não apenas um, mas dois órgãos sexuais. Ao lado de um pênis simpático e cabisbaixo, pulsava uma vagina rosada e sorridente. Apesar das dimensões infantojuvenis, os dois sexos transmitiam a milenar experiência dos pergaminhos e palimpsestos. Pareciam peças de museu.

— *Logun! Logun Edé!* — detectou Esmeraldino. — Meu Nosso Senhor do Bonfim, valei!

Entoou baixinho um oriqui de louvor. Todos ficaram estupefatos diante daquele ser legendário e inesperado, o Hermafrodita, que estrebuchava na presença de meia dúzia de privilegiados. Com a mão quase inerte, com vários anéis de ônix e opalas, Eleonora puxou contra si a cabeça de Edelweiss e cochichou no ouvido dela:

— *Io te prego, amica... Non voglio essere sepolta come Leonardo Constantino. Io me chiamo Eleonora Commène, condessa Torlatto-Fabrini.*

Algo de surpreendente então se passou na cabeça da temida jornalista. Uma brisa de piedade, mas principalmente de autopiedade. Como confessar aos leitores que tinham sido enganados durante décadas que a famosa *hostess* italiana não passava de uma anomalia sexual? Seria motivo de chacota. Como revelar o escândalo sem despertar antipatia e desprezo dos numerosos amigos da falecida? Passariam a duvidar até do seu caráter. Não havia outra saída: o grande furo de reportagem deveria continuar inédito. Para o bem de todos e dela mesma.

Respondeu com voz pausada:

— Não se preocupe, Eleonora. Eu mesma vou cuidar disso.

A condessa deu um sorriso, iluminado pelo alívio. Essa notória locomotiva do *jet-set* internacional, em atividade desde o final da guerra contra os nazistas, conhecera os Kennedy, os Reagan, os Trujillo, os Batista, os Somoza e outros poderosos dessa nossa infeliz parte do mundo. Divertira-se em todos os cassinos, teatros, circos e festivais; vira todos os filmes, ouvira todas as canções, dançara todos os ritmos, comera todos os petiscos, provara de todas as bebidas *y otras cositas más*. Adorava o Brasil. O Rio em particular, que conhecia do Leme ao Pontal, do Arpoador ao Mercadão de Madureira. Mas não escrevera memórias nem tinha confidentes. Sua experiência interessantíssima morria ali mesmo, sem herdeiros. Eleonora/Leonardo deu o último suspiro, numa golfada de sangue. Suas últimas palavras foram *"La fine di nostro mondo"*, as quais coaxou antes de esticar as canelas para sempre. Edelweiss ajeitou o vestido da falecida, voltando a ocultar a inusitada genitália.

— Esse segredo morre conosco, minha gente — ordenou.

Todos se entreolharam, interrogativos, buscando a unanimidade. A delegada Dávila viu aí a oportunidade de barganhar seu silêncio em troca de depoimentos favoráveis no inquérito que teria de ser aberto. Essa negociação se deu friamente, diante do cadáver ainda quente da dona da casa. Serginho d'Alençon, dândi, Danilo Dumar, intelectual, e Esmeraldino d'Oxum, babalaô, concordaram meio constrangidos. O velho Antúrio, olhos marejados e soluçando de emoção, agradeceu a todos com uma inclinação de cabeça.

Bateram na porta. Era a polícia, seguida de um médico, acionados por algum convidado. Edelweiss tomou o comando.

— Nossa querida Eleonora faleceu, meus amigos. A festa acabou.

— A polícia vai se encarregar do inquérito. Foi um disparo acidental. Está tudo sob controle — completou a delegada.

Os convidados faziam fila para pegar o elevador e escapulir.

— Coitada! Éramos amicíssimas desde a inauguração de Brasília! — lamentou dona Lalinha. — Se a polícia me perguntar, não vi nada. Sou cega, surda e muda.

Assim que a porta da biblioteca se abriu, Azambuja correu ao encontro de Edelweiss.

— E aí, descobriu o babado?

— Não há babado. Era mulher de verdade.

— Ah, mas isso não é notícia! — reclamou ele, decepcionado.

— A verdade é sempre notícia. Vambora daqui. Tenho de escrever o necrológio pra amanhã. Enquanto isso, vai no arquivo do jornal e escolhe as melhores fotos dela. Umas cinco, pelo menos...

— Mas sair daqui agora? Como? Olha a fila no elevador.
— Já combinei com o mordomo. Vamos pelo de serviço, está vazio.

Enquanto o cenário se esvaziava, retardatários enchiam a boca com os últimos canapés, aos pés do pavão, mais branco do que nunca, como um fantasma sobrevoando um velório. Antúrio e Esmeraldino prepararam o corpo da anfitriã. A chegada do cônsul italiano ajudou a delegada Dávila a amolecer os outros policiais e o médico e a desbaratar os militantes da Oitava Cor, que teimavam em dar depoimentos "contando toda a verdade". Por sorte, dado ao adiantado da hora, não havia *papparazzi* ou equipes de TV.

D'Alençon, Danilo, Juca Jagger, Leopoldino Del Rego e Cara-de-Mulher foram os últimos convidados a abandonar o barco, já perto do amanhecer.

— Que lástima! Ela dava umas festas ótimas!
— O Rio acabou.
— "O fim do nosso mundo" foram as últimas palavras da condessa.
— Outros mundos virão, pode crer.
— Só se for em Cingapura, meu bem.
— Ah! Salvador é bem mais perto. E mais barato. Tem centro histórico, praia, samba, maconha, crioulo e aeroporto internacional. Pra que mais?

Na portaria, cada qual tomou seu rumo. Danilo preferiu caminhar a pé pelo calçadão, vermelho e dourado pelo deslumbrante nascer do sol em Copacabana. No quarteirão seguinte, passou batido pelo velório de uma traveca atropelada, cercada de curiosos e colegas de trabalho. "Deus é má!", filosofou consigo mesmo, ao ver a bicha toda desconjuntada, como uma boneca quebrada, um quadro da escola cubista.

Pensava em tudo o que vira e ouvira durante a noite, na impossibilidade de manter segredo sobre a morte da condessa e no desmoronar de todo um universo, onde nada realmente era o que parecia. Será então que, como para os *hippies*, o sonho gay finalmente se acabara? Aquele mundo faiscante e *charmant*, que sobreviveu a duas guerras mundiais e crises políticas e econômicas, com sua subcultura sofisticadérrima, teria chegado ao fim? Haveria mesmo uma oitava cor no arco-íris?

Em nenhum livro, das centenas que analisava, jamais encontrara uma história assim, tão interessante, tão grandiosa, humana e paradoxalmente tão inverossímil.

Estava de saco cheio e cansado. Mais que isso, arrasado. Maldita a hora em que resolvera sair, em vez de ficar lendo ou ouvindo música. Chegou em casa e foi direto pra cama. Amanhã resolveria o que fazer. Afinal, tem sempre um amanhã depois de cada noite de loucuras.

© HUMANAletra, 2019.
© João Carlos Rodrigues, 2019.

Edição: José Carlos Honório
Revisão de textos: Carla Fortino
Capa: A2
Projeto gráfico: A2
Paginação: A2
Imagem de capa: "Mãos – fundo verde", Victor Arruda, 2014

Nesta edição respeitou-se o novo Acordo Ortográfico da Língua Portuguesa.

Dados Internacionais de Catalogação na Publicação (CIP)
(Câmara Brasileira do Livro, SP, Brasil)

Rodrigues, João Carlos
 Criaturas que o mundo esqueceu : contos amorais / João Carlos Rodrigues. -- São Paulo : Editora Humana Letra, 2019.

 ISBN 978-85-53065-03-5

 1. Contos brasileiros I. Título.

19-23496   CDD-B869.3

Índices para catálogo sistemático:
1. Contos : Literatura brasileira B869.3
Maria Alice Ferreira - Bibliotecária - CRB-8/7964

2019
Todos os direitos desta edição reservados
à HUMANAletra.
Rua Ingaí,156, sala 2011 – Vila Prudente
São Paulo – SP Cep: 03132-080
TEl: (11) 2924-0825

Fonte: Berkeley Oldstyle
Papéis: Chambril Avena soft 90g
Gráfica: BARTIRA